I want to enjoy slow Living
転生して田舎でスローライフをおくりたい
錬金王
ill. 阿倍野ちゃこ

エリノラ
アルの姉。傍若無人な性格。
剣術が得意で勉強が苦手
サーラ
スロウレット家のメイド。
アルのお目付け役
ミーナ
スロウレット家で働く、
甘い物好きな駄メイド
アルフリート
転生して田舎貴族の次男に転生
した。村でスローライフを楽しむ

バルトロ
スロウレット家の料理人。
強面だが甘い物好き。
ノルド
アルの父。コリアット村領主。
昔は凄腕の冒険者だった
エルナ
アルの母。優しいが、怒ると怖い。
商人の家系出身で、魔法が使える
シルヴィオ
アルの兄。物静かで真面目。
勉強が得意なインドア派

「何で俺のベッドで
エリノラ姉さんが寝てるんだ。
訳がわからない」
いつもはくくっている赤い髪を
シーツに散らし、手足を丸めて
眠っている姉さん。
すぅ、すぅ、と規則正しい
寝息だけが、
静かな部屋に響く。

転生して田舎でスローライフをおくりたい

I want to enjoy slow Living

transmigrate to new world

錬金王

ill. 阿倍野ちゃこ

CONTENTS

transmigrate to new world

Illustration :chaco abeno Design :afterglow

転生して田舎でスローライフをおくりたい

プロローグ

I want to enjoy slow Living

日本では様々な場所や物に神様が宿っていると信じられている。

山、海、地、水、火、樹木や石ころなど、自然界万物のもの、現象に全て、何らかの役割を持った神様がいるという。

最近ではトイレにすらいるらしい。

そんな日常的なものにまで神様がいるといわれているのなら、もう神様がいないところはないのじゃないだろうか?

地球の勢力図は人間より神様の方がもしかしたら大きいのかもしれない。

でも、それだけ皆が神様という存在を知っているのに誰も見たことも、出会ったこともない。

俺だってそう。勿論《もちろん》見たことはない。

ただただ信仰されるだけに存在するであろう神様。

それは人々の願望にすぎないのかもしれない。

俺としてもいれば素敵だな、程度に思っていたくらいで本当に神様がいるだなんて思っていなかった。

しかし、俺は二十七歳にして出会うことになった。

何もない真っ白な空間で。

神様とやらに。

◆

俺の名前は伊中《いなか》雄二《ゆうじ》。二十七歳独身、食品業界で働くサラリーマンだ。

結婚はしてない。彼女すらいない。マンションで一人暮らしをしている。

悔しくなんかないぞ？　街中で高校生のカップルを見て悔しがってなんかないからな？

本当だぞ？

俺だってその気になれば彼女くらい……。

俺は特に上を目指し努力することもなく、そこそこ優秀な高校に入り、そこそこ優秀な大学に進学した。

たいした苦もなく、楽しく学生生活を過ごすことができた。

それ自体に悔いはない。

そして、そこそこの規模の食品会社に就職することができた。

昔から料理も好きだったし、一人暮らしのお陰か凝った料理も作れる。

食品に対してある程度の興味はあったので、辞めることなく続けて働くことができた。

そして就職して五年が経《た》った。

今思えば急に頑張りすぎたのではないだろうか？

俺は基本的に怠けることが好きなのだが、その時期はたまたま会社が忙しかった。

朝から夜まで大忙しに俺は日本各地へと飛び回った。

食事や睡眠すら惜しんで。

そして最後にはくたくたになりながら、何とか地獄の期間を乗り越えた。

どうやら会社は成長中でこの忙しさが当分は続くそうだ。

今がチャンスなのはわかるが、それにしても忙しすぎる。同僚で体を壊した奴もいるし、俺だってスケジュール調整がうまくいかなかったら確実に体を壊していたに違いない。

幸い、うちの会社はブラックではなく、体を壊した同僚はちゃんと休むことができたらしい。

「……もうこんなに働きたくない。いっそのこと田舎に帰ってやろうか」

なんて、あまりの多忙さにブツブツと愚痴を呟《つぶや》きながら帰り道の歩道を歩いていた時だった。

ブオオオオオオ！

突然、大きなエンジン音が聞こえてきた。

振り向くと、大型トラックがこちらに向かって走ってきていた。

「……何だトラックか」

確認したのは一瞬で、俺はすぐに興味をなくして歩き出す。

「おい！　危ないぞ！」

誰かが叫び声を上げている。

うるさいなぁ。こっちは疲れてて早く帰って寝たいのに。疲労のせいか、大きな音を聞くことすら煩《わずら》わしく思える。

「危ないって！　気付け――」

まだ何か叫んでいる。一体どうしたんだ？

俺がゆっくり振り返ると、視界一杯に大型トラックが映った。

「えっ？」

世界が止まったように、ゆっくりとトラックだけが近付いてくる。

よくテレビで人が車に轢《ひ》かれてしまうシーンを見て、それくらい避けられるだろう、とか思っていた。しかし、実際に遭ってみると、このサイズと距離では無理だ。それに今の疲れ切った体では、とても。

運転席には居眠りをした中年の男性が見える。

そっちも働きすぎか？　なんて同情の視線を向けてみる。

そういう理由だと思いたい。飲酒運転とか自業自得な都合で轢かれて死ぬのは嫌だな。

そう思っているうちに目の前にまで圧倒的な力を持ったトラックがやってきた。

歩道にはガードレールがあったはずだけど……全然役に立ってないじゃないか！

大質量の塊は、ちんけな壁をいともたやすく破砕して俺へと迫る。

ああ、働きすぎなんだよ。

体調が万全なら、最初の警告に気付いて避けられたかもしれない。

働きすぎなければ、こんな遅い時間に帰ることもなかった。

はあ、疲れた。

生まれ変わったら、楽しくのんびりと田舎で暮らしてやるからな。

そして俺は大きな衝撃を受けて…………死んだ。

◆

あ、暖かい。

目が覚めると、そこは真っ白な空間だった。広く広く無限に広がるような白。壁なんて見当たらない。あっても白一色すぎて壁の切れ目なんてわからないだろうが。

確かに俺、伊中雄二の意識がある。

ここは天国？　地獄？　それとも、もう次の人生なのか？

「おー？　珍しいの」

たくさんの疑問が湧き上がる中。何処《どこ》からともなく間延びした老人の声が聞こえてきた。

「……誰だ？　何処にいる？」

「そう、警戒するでない」

後ろから声が聞こえて振り向くと、そこには白い髭《ひげ》を生やした老人がいた。

茶色のローブのようなものを着ており、手には杖《つえ》を持っている。

……どうして老人がこんな所に？

「お主どこから来た？」

「……どこからって日本ですけど？」

「日本ということは地球か！　……ちょっと待つのじゃ」

怪しみながらも俺がそう答えると、老人は額に手をあて考え込むように唸《うな》り声を上げた。

一体何をしているのだろうか。突然頭痛にでも見舞われたのか。

やっぱ歳《とし》か何かかな？　大丈夫だろうかこのじいさん。

「失礼じゃのうピンピンしとるわ！　……ふむ。伊中雄二か」

え？　心の声読んだの？　神か何かかよ。しかも、何で俺の名前知ってんの？

「うむ、その通り。地球の日本の文化でいうと、ワシは神様じゃ！　じゃからお主の名前くらい知ってて当然！」

「………」

ほんまかいな。

「むぅ？　信じてないの？」

「いやいや、信じます信じます」

「さっき心の中でほんまかいなって言ったじゃろ」

うぐっ、心の中が読めるのか。

「この空間と読心術があれば信じますって！」

「むう、まあ信じておろうが信じてなかろうが構わんが、これからのことを話すぞ？」

「はい」

俺が返事をすると神様？　は咳《せき》払いをする。

「まあ、まずお主は地球で死んだ。これは間違いない。お主も覚えておるな？」

「はい、確かに俺は死にました」

うん、間違いなく俺は死んだよ。トラックに轢かれたせいで。

「本来ならば地球のルールにのっとって、色々死後の手続きがあるんじゃが、なぜかお主は偶然地球とは違う世界に魂が来てしまったのじゃ。つまり、ここはお主の世界でいう異世界というヤツじゃよ」

「……異世界？」

「そうじゃ。こんなことは初めてじゃ。一度来てしまった以上戻すこともできない。こちらの世界で転生することになるのじゃ」

……マジか。化け物やモンスターの類《たぐ》いがひしめく超過酷な世界とかじゃ、生きていける自信がない。

そもそも異世界は人間が生きられる環境なのか。

「ああ、大丈夫じゃ。ちゃんと地球と同じように人間がおるよ。魔物という人間を襲うお茶目な生物も少しいるが大丈夫じゃよ」

「いやいや、ヤバイでしょ」

お茶目という言葉で済ませられるほど生易しい存在ではないと思います。人を襲う生物がいるだなんて。

「それについては対策もあるから安心せい。科学はあまり発展しておらんが、代わりに魔法というものがあるからの」

つまり、それが魔物への対策になると？

「そういうことじゃな」

俺が心の中で尋ねると、神様は鷹揚《おうよう》に頷《うなず》いた。

「……魔法か」

それにしても次こそは、のんびりとした人生を送りたかったのに。またそんな大変そうな世界なのか。それに魔法だなんてとんだファンタジー世界だ。

そんな環境に放り出されて生きていけるのか……。

「大丈夫じゃよ。貴重なサンプ……実験……初めての異世界人なのじゃ、少しくらい過ごしやすくしてやるかのぉ」

「今サンプルとか、実験台とか言おうとしましたよね？」

この人、笑顔で何てこと言うんだ！

「気のせいじゃ。とにかくお主はこれから転生するんじゃよ。これは避けられん」

そっか……なら仕方ない。新しい世界で楽しく過ごすか。特別に過ごしやすくしてくれるって言うし。

「その、過ごしやすくとはどんな？」

「結構切り替えが早いのぅ」

「まあ、そんな性分なので」

決まったものは仕方ない。それならそれで、次の世界とやらでのんびり過ごす。

「ふーむ、身分で言うなら、今なら第三皇子とか、公爵の長男とかに転生ができるぞ？」

偉い身分の人になると忙しそうだな。というか、王族とか貴族とかいるのかよ。

「転生というからには赤ん坊からでしょうか？」

「そうじゃよ。お主の魂を宿らせるには赤ん坊の時が一番じゃからの」

なるほど、と俺が頷くと神様は腕を大きく振り上げた。

「能力はまあ、せっかくじゃし魔法適性くらいは付けてやるとして、古代魔法のひとつくらいなら付けてやるのじゃ」

どや顔で決めポーズまでしてしまって言いにくいのだが、

「魔法適性と古代魔法って何ですか？」

俺が素朴な疑問をぶつけると、神様は大げさにずっこけた。

ゲームや漫画で見たことはあるお陰で何となくはわかるのだが、念のために確認しておきたい。

「そういえば、地球には魔法がなかったのお。面倒くさいが簡単に説明をしてやるか」

「すいません、お願いします」

面倒くさいとか言わなかったら、心の底から感謝ができたのに。

俺がそう思っていると、神様が少し顔をしかめた。

おっと、そういえばここでは心の声が神様に筒抜けなのであった。

本音と建て前を使い分けて生きてきた日本人スキルが何の役にも立たないではないか。

何て恐ろしい場所なんだ。

試しに、神様のバーカ、アーホ、マヌケ。ローブとか羽織ってカッコつけちゃってるけど全然似合ってないぞ。

「このまま異世界に放り出してもよいのじゃぞ？」

「本当に申し訳ございませんでした。調子に乗っていました」

俺はすぐさま日本人スキルの土下座を行使。このまま放り出されるとか本当に困る。

「まあ、ええじゃろ。わしは器の大きい神様じゃからの」

「さすがは神様、寛大なお心であります」

ひたすら俺は無心で答えた。考えると俺の都合の悪い方向にいく気がしたから。

やっぱり日本人スキルは役に立つと思います。

「魔法適性というのは、魔法の属性に対する相性のことじゃよ。火の魔法を使いたいなら火属性の適性。水の魔法を使いたいなら水属性の適性じゃ。魔法適性については生まれつきの才能じゃからな。お主には特別に全魔法の適性を授けようと思う」

「おー、つまり俺は全ての魔法を使えるようになるんですね？」

「そういうことじゃ」

おー、神様太っ腹。魔法が異世界でどれだけ重要なのかはわからないが、凄《すご》いことなのだろうと思う。

「それで古代魔法とは？」

「古代魔法とは現在では使い手が全くいない、失われし魔法じゃ。普通の魔法とは違い特異な能力が多い。空を飛ぶような魔法や、物や魔物を召喚し使役する召喚魔法、大きな破壊力を持つ破壊魔法といったものまで様々じゃな」

空を飛ぶ能力とか少し惹《ひ》かれる。

鳥のように大空を飛べたら気持ちがいいだろうなあ。

召喚魔法とかもいい。魔物を使役できるというのなら心強いし、俺の代わりに働いてくれそうだ。いや、いかんいかん。俺が働くことが前提になってしまっている。

そう、俺の目標はただひとつなのだ。そのためには魔法よりも場所だ。ちなみに破壊魔法なんて物騒な魔法は論外。そんな力を持って生まれると絶対に碌《ろく》な人生にならない。

「自然豊かな田舎で楽しくのんびりと過ごしたいんですけど……そういう所はありますか？」

「む？　そんな所でいいのか？」

「はい、そこがいいんです」

俺がきっぱりと答えると神様は「ちょっと待っておれ」と言い、再び額を指で押さえる。

「それなら、自然豊かなコリアットという村の領主の次男が空いておる」

最初は頭痛かと思っていたのだが、どうやら世界の情報を探っていたらしい。納得だ。

「そこでお願いします」

「なら、魔法の方を少しばかり優遇してやるかのぅ？　どんな能力のものがいい？」

「ちょっと考えていいですか？」

「構わんよ」

どんな能力か。魔法……ゲームみたいな大魔法？　回復？　防壁？　膨大な魔力とか？

いやいや、俺はのんびりと暮らすんだ。そのために使える能力……。

暮らす場所は田舎。そして領主の次男。

想像してみよう。

必要最低限の自分の防衛力。これは魔法の適性をくれるお陰で努力すれば何とかなる。

田舎だし、一応領主の息子だから練習する時間はあるはず。

となると、贅沢《ぜいたく》かもしれないが田舎で暮らしていて短所になるものを防ぐ能力が欲しい。

田舎……田舎。

まずは思い付く田舎の長所を挙げよう。

土地が広い。自然が豊かで緑が綺麗《きれい》。アウトドア活動にもってこい！

他には食べ物が新鮮で空気が美味《おい》しい。夏の夜は涼しいし、星も綺麗によく見える。人との助け合い、交流。

んー、どれも都会にはないものばかりだねぇ。憧れるよ。

日本の田舎を参考にすると、大体こんなものだろうか？

そして短所。

賃金が安い。老人が多いかもしれない。医師不足。異世界の文化レベルがどれくらいなのか気になる。

「地球でいう中世ヨーロッパくらいじゃよ」

俺の心の疑問に神様が間延びした声で答えてくれた。ありがたい。

サルやイノシシ、クマなどの動物による被害。

動物も地球に存在するような動物なのだろうか。人を襲う凶暴な奴ばかりだと怖いな。

「まあ、大体は地球と同じじゃよ」

まあ似たような動物がいたり、その世界ならではの動物などもいるということだな。

自然災害とかも怖いな。

人として生きるのだから仕方がないか。魔法なんて力があれば身を守ることもできるかもしれないけど。

あとは、魔物という危険極まりない生物か。コリアット村の近くにも多くの魔物が存在しているのだろうか。

「コリアット村の周辺にも魔物はいるが、比較的に数が少ないのぉ」

それはありがたい。転生したら魔物に脅かされて暮らす日々でした、とかいうのは洒落《しゃれ》にならないからな。

あとは……移動手段か。文化レベルが低いのならば、日本の田舎よりも移動手段がなくて大変かもしれない。

考えていることは、どれも日本を基準にしているのだし、異世界には全く当てはまらないかもしれないけど。

大まかに考えられるのはこんなところかな？

うん、やっぱり一番の問題は移動手段かな？　バイクとか車とかないし。

魔法で移動？　移動……移動……ワープ？

そういう魔法とかあるのかな？

「すいません神様」

神様を呼ぼうと首を回すと、普通に床に畳を敷いて、卓袱台《ちゃぶ》に肘をついて煎餅《せんべい》をかじっていた。

「ん？　決まったかの？」

お茶をズルズルとすすってから、立ち上がる。

あっ、卓袱台とかが消えた。

「長距離を一瞬で移動できるような魔法ってありますか？」

「ん？　空間魔法かの？　それなら一瞬で大体の場所に転移できるしのう。古代魔法のひとつとしてあるのぅ」

「それなら空間魔法で転移できるようにお願いできますか？」

「ふむ、変わった奴じゃのお。てっきり大魔法とかにするかと思ったのじゃが」

「空間魔法の転移なら、もしもの時は逃げることもできますし、遠い所もすぐに行けますから、買い物とかお金稼ぎとか。都市にしか医者がいなかったり、塩や砂糖がなかったら困りますから」

「なるほどのお。田舎で楽に暮らすにはもってこいかもしれぬな。じゃあそろそろお主を送るとするかの」

「はい、ではお願いします」

「ちょっと努力すれば転移魔法を使えるようにしといたからのう」

神様の笑顔を最後に視界が真っ白に包まれて、やがてまた暗くなる。


……次の人生は、田舎でスローライフをおくるんだ。

転生

I want to enjoy slow Living

フワリとした浮上感と共に俺は目覚める。

巨人か何かに体を手摑《づか》みで持ち上げられるかのような感覚に思わず動揺してしまう。

（うわっ！　なんだなんだ！）

「おぎゃあぁぁ！　おぎゃあああ！」

自分の意思とは違い、口から出た声は赤ん坊の泣き声のようなもの。

周囲には人間が何人かいるようだが、よくわからない。目は開くことができず、耳もよく聞こえない。

とにかく眠い。状況を確認したいのだが、抗えない眠気が俺に酷《ひど》く襲いかかる。

俺は……本当に……転生したのか？

◆

それから一週間ばかり経過した。

最初はわけもわからず不安でもあったが、夢ではなく、神様の言った通り俺は新しい世界に転生したらしい。

なので、今の俺の姿は二十七歳の男ではなく、生後一週間の赤ん坊だ。

最近は目も見えるようになったし、耳もよく聞こえるようになった。

そのお陰で、段々と状況がわかってきた。

俺の部屋にある物は赤ん坊用のベッド、クローゼットに机と質素なものだった。

寂しいかもしれないが、落ち着く部屋だ。

そもそも赤ん坊の部屋なんだし、怪我しやすいものさえなかったら大丈夫なのだろう。

床の敷物は俺がベッドから落ちた時のためだろうか？　随分と柔らかそうだ。動物か何かの毛か？　それとも綿とか？

未だに俺の世界はこの小さなベッドの上だけだから、わからん！

そして、ここは本当に神様が言っていた田舎の領主の家なのか？

たまに母親が窓を開けてくれる時には、すぐ近くから木々が風に煽《あお》られてざわめく音が聞こえ、綺麗な空気が入ってくる。

この澄んだ空気に比べれば、日本の空気がゴミのようだと思える。

それにしても早く歩きたい。こんなに空気が綺麗なのだ、外も自然が豊かに決まっている。

最近は俺の起きている時間も延びてきたので、暇な時間が多い。

行動に色々な選択肢がある中で、あえてだらだらしたり、遊んだりしたいのだ。強制的に休まされるというのは、どうも会社の有休とかみたいで嫌だ。

そんなわけで俺は少しでも早く、今の身体に慣れるように特訓している。

といっても、無理のない範囲で手や足を動かしたりするだけなのだが。

まだ一人座りもできないので、手足を動かす練習が終わると暇だな。

神様は魔法が使えるって言ってたけど……どうやって使うんだ？

そう考えていると、扉の向こうから足音や話し声が聞こえてきた。

それは俺のお世話をしてくれている人の声。

俺の両親だ。

やがて扉を開けて入ってくる俺の両親。

おや？　今日は見知らぬ子供が二人いる。

ひょっとして姉兄とかだろうか？

栗《くり》色のフワフワとした長い髪の毛をしていて、優しい笑みを浮かべているのが俺の母親。

凄く美人だ。

「――――♪」

優しい声で俺に語りかけながら、俺をゆっくりと抱き上げる。

「――――」

その隣には金髪の髪をして、透き通るような青い瞳をしている男性。俺の父親。

凄くイケメンだ。キザな感じは全くしない。

両親共に凄く美形だな。それとも異世界は美形が多いのだろうか？　俺だけブサイクとかだと少しへこむかもしれない。

「――――――？」

父親が恐る恐る俺の頬っぺたをプニプニと指でつつく。

「――」

「――――？」

音は聞こえてくるようになったが、言葉が全くわからない。残念ながら日本語じゃないようだ。

……また俺は新しい言葉を勉強しなければならないのか。英語は苦手ではないが、得意でもなかったぞ。

そして今日初めて見る二人の子供が、俺をじーっと見てくる。

母親よりも赤みの強い、赤茶色の髪をした少女。年は六歳くらいだろうか？

もう一人、指を口にくわえている金髪の男の子。こちらは三歳くらいか？

子供達に俺が見えるようにと、母親が身を屈める。

すると子供達は俺の頭を撫で始めた。

こら、金髪の子。ちょっと痛いぞ。

満足したのか、父親が子供達を連れて部屋を出ていく。

そして母親が残る。

どうやらまたあの時間だ。

母親が胸を出して俺の顔に近付ける。

こんな赤ん坊だ。性欲などあるはずもない。となると少し恥ずかしい。生まれてからもう一週間は経つがまだ慣れない。

いつものご飯の時間なのに、飲もうとしない俺の様子を見ると母親は心配そうに俺を見てくる。

ごめんなさい、飲みます。だから、そんな顔をしないでください。

こうしてお腹がいっぱいになり、眠気がやってくる。

お休みなさい。

◆

「……暖かい……この感覚はどこかで……」

そうまるで、神様と出会った場所のような……。

「正解じゃよ」

「うわああ！」

突然俺の目の前にどアップで現れた神様。

俺が驚いて声を上げるのを聞いて、満足げに頷《うなず》く神様。

何てことをするんだ！　死神かと思ったぞ！

「何じゃと！　失礼な！　ワシをあんな奴と同じにするでない！」

心外とばかりに怒り出す神様。死神も存在するんだ……。

さてともかく今はどういう状況だろうか？

「ゴホン……今はお主の夢の中に失礼させてもらっておる。無事に転生できたようで何よりじゃ。さて、今回お主にこうして会っている理由は魔力の説明をするためじゃ」

「魔力ですか？」

「そうじゃ。まあ本来なら遅かれ早かれ親から学べるであろうが、お主には空間魔法を習得するために早めに注意点を教えておく」

おお、魔力自体よくわからないので助かる。それにしても注意点って何だろう？

「ふむ。まずは空間魔法についてじゃ。これは本来ならば特別な者しか扱うことができぬ、今や古代魔法と分類されるもの。その効果は凄《すさ》まじいものじゃが、代償に多大な魔力が必要だったり、繊細なイメージの構築が必要などの条件もある」

「……つまり？」

「お主に授けたは良いが、このままでいると魔力が足りなくて使えないなんてことに」

「おい！」

「まあまあそう慌てるでない。そうならないために、今日はこうして夢の中に失礼しておるのじゃ」

何だ。よかった。ついその髭をむしりそうになっちゃったよ。さすが神様、優しい。

「じゃろじゃろ？」

いい年して何照れてるんですか。

……ん？　待てよ？　転生前にしっかり説明していたら二度手間にならなかったんじゃ？

「さーて、説明するのじゃ！　一回しか言わないからしっかり聞いておくのじゃぞ！」

急に声を大にして言い放つ神様。

この人、絶対誤魔化したな……。

◆

俺が神様から頂くことになった空間魔法。

基本属性の中では、珍しい無属性魔法となる。属性は、他には火、水、風、土、上位には雷や氷属性なんてものまであるらしい。

空間魔法は主に転移したり、亜空間に物を収納することができる能力だが、それを行うためには神様の言う通り、多くの魔力を必要とする。

つまり、このまま俺を放置していたら魔力が少なくて使えない。または使えるようになるのは何十年後、とかになってしまう可能性があったのだ。

本当に何をやっているのだか。

そのために俺の魔力を増やす方法を教わったのだが、本当に危ないところだった。

空間魔法の注意点や応用能力や魔力についても質問をした。

この神様は結構抜けているので、たまに質問してみると「あっ、そういえば」とポロポロと重要なことがこぼれ落ちてくる。油断ならない。

「というわけじゃから、キチンと毎日魔力の訓練をやるのじゃぞ？」

「はい！　ありがとうございます！」

「最後にお主のために、軽く魔法を見せてやろう！　特別じゃぞ？　特別じゃぞ？　神が振るう魔法じゃぞ！」

さてはこの神様、久しぶりにしゃべる相手がいて楽しくなっちゃってるな？

「わあー！　見たい見たいです！」

はいはい、わかった。わかった。早く見せて。

「……無邪気な声を上げながら、心の中で何てことを思っておるのじゃ。じゃあまずは魔法から！　魔力の流れから魔法発動までしっかり見るのじゃぞ！」

一瞬ジト目でこちらを見ながら呟《つぶや》いていたが、気を取り直してテンションを上げていく神様。

「じゃあまずは！　『我は求める　全てを照らし出す光を』」

自信満々に杖を振りかざす神様。杖の先には輝かしい光がついている。

「どうじゃ？　これが無属性の魔法、ライトじゃ」

……いきなり灯《あか》りって地味なような。もっとファイヤーとか期待してしまいましたよ。

「何を言うか！　初心者にとって、これほど安全かつ、練習になるものはないのじゃぞ⁉　少量の魔力で発動でき、さらに魔力を流し続けることによる持続時間の訓練！　スゴいじゃろ！」

「むう、確かに言われてみればそうかもしれません」

悔しいことに今回は神様の言うことがまともかもしれない！　確かに初心者にはうってつけだ。

何かやけに熱意が入っていた気がするが……。

「じゃろじゃろ？　無属性はすばらしいのじゃぞ？　最近の魔法使いは火や雷や風など派手なものばかり好んで基礎を疎《おろそ》かにしがちなのじゃよ」

この神様が個人的に無属性が好きっていうのもありそうです。

俺を無属性信者にしようとしても駄目ですよ？　無属性である空間魔法もすばらしいですけど、火や水も生きていく上で必要で便利なんですよ？

「まあわかっておるのなら良いのじゃ……じゃあ頑張るのじゃぞ」

神様はそう言葉を残すとスーっと消えていった。

最後は結構あっさりしていたな。

神様ありがとうございます。

またすぐに会いそうな気もしますけど。

そして意識が現実に引っ張られていくように、俺の視界も次第に暗くなっていった。

夢の中の白い空間で神様の魔法講義を聞いた次の日。

さっそく俺は朝から、赤ちゃんベッドの上で魔力を使ってみようと試みた。

しかし全く、操作できない。

何かこう胸の辺りに暖かいもの、力があるような感じはするんだけどちっとも反応しない。

目の前（正確には自分の中）にある物に手を伸ばすと、煙のようにスッと消えていくような。

とにかくもどかしい。

神様の魔法を見たお陰で発動のイメージは何となくわかるんだけどなぁ。

この剣や魔法が発達した世界では、誰でも魔力を持っているそうだ。

農民から貴族や王様。

赤ちゃんから大人や老人。

魔力量は訓練次第で増やせるのだが、最終的に得られる量はその人の資質によるらしい。

初期魔力量が多い人。少ない人。

初期魔力量は多いけれど、伸びる魔力が少ない人。多い人。全く伸びない人。

本当に様々らしい。

そして魔法とは、己の中にある魔力に働きかけて現象を起こす力。

その魔力に働きかけるための鍵が詠唱。これを唱えることによって魔力が活発化し魔方陣が浮かび上がり、魔法が発動する。

その詠唱に用いる言葉は文字としても使用ができ、魔法文字という。その魔法文字を使って魔法陣を描けば魔力を送るだけで簡単な魔法を発動させることができる。

最近では魔法文字を使った魔法陣を埋め込んだ魔導具なんかも、発達してきているらしいが、まだまだ技術が低いという。複雑なことはできないようだ。道具自体の耐久力などにも課題は多いとのこと。

そして、魔法の発動にはイメージが必要なのだが、それだけでできたら苦労はない。

魔法を使うには適切な魔力操作が求められる。水をコップ一杯分出すイメージをしているのに、イメージに対する過度な魔力や少なすぎる魔力を込めると魔法の効果は凄まじく落ちてしまう。

本当は魔力量が多いのに少しの魔法を行使しただけで疲労を感じたりするのはそのせいである。

流れるように魔力を送り、それぞれの魔法に合わせた適切な魔力量を操作する必要があるのだ。

つまり本当に大事なのは魔力操作の技術なのであって、さらに威力や使える魔法を上乗せできるのが魔力量なのである。

そして空間魔法を使うための魔力を増やすには、魔力を使い切ることらしい。

そうすることによって、微量ではあるが魔力量が増えていくのだ。

今の俺が魔力を使い切って回復した時に増えた量は一だとしても、毎日一回使い切るだけで一年に三百六十五増える計算だ。

いや、この世界の暦が三百六十五日なのかはわからないが、塵《ちり》も積もれば山となる。

しっかりと続けないと。

使い切るには魔力を体にまとわせたり、空中へと放出する訓練が効果的なのだが、今の俺は魔力を使い切ることさえできない。

しかし俺は生後一週間の赤ちゃん。

まだまだ時間はあるさ。

というか何もできない今の状態では、他にやることがないしな。

成長しても結局空間魔法が使えないとか……嫌だ。神様から空間魔法を貰《もら》った意味がない。

◆

それから一ヶ月。

毎日、母さんと父さん、たまに姉さんが俺に話しかけてくるお陰で少しずつ言葉が理解できるようになってきた。

それは父さんが部屋の壁に言葉の表を飾ってくれたお陰もある。

俺に早く言葉を覚えさせるために、赤ん坊のうちから言葉の形を印象付けさせようとしているのかな？

胎教でクラシックを聴かせるようなものだろうか？

少し気が早すぎる気がしないでもないが、早くこの世界で生活をしたい俺としてはとても嬉《うれ》しいことだ。

ちなみに兄さんは俺にはあまり寄ってこない気がする。

元気な姉さんとは違って内気なのかもしれない。

「これはねー。――――だよー？」

にこやかに文字を指さして母さんが説明してくれるのを見て、俺が喜ぶと、母さんも嬉しくなって次々と説明してくれる。

「貴方！　アルが喜んでいるわよ！」

「そうだね。アルは――――けれども――――したよ」

まだまだ言葉にはわからないものがあるが、俺の名前は『アル』というらしい。

それがフルネームなのか愛称なのかはわからないが自分の名前がわかってよかった。

自分でも結構気に入っている。

この家族はいい暮らしをしていて家も大きいようだけど、使用人のような人はまだ見かけていない。

赤ん坊の世話は自分達でする方針なのか、部屋の掃除とかも全部父さんや母さんがやってくれている。

いつも両親がいるお陰かとても安心ができる毎日だ。

赤ん坊のうちから家族の愛を感じることができる俺は、もうすでに幸せだ。


魔力の操作も順調である。

魔力を体に流すこと自体、最初の一週間はできなくて焦ったりもしたが。

魔力を流す練習を始めて二週間目のある日、今まではテコでも流れなかった魔力が少しだけ、固くて重い蛇口をひねるようにして、ほんの少し流れるのを感じた。

胸からスッと全身に流れていく魔力が感じられると、達成感のあまりに泣きそうになった。

ライトの魔法はまだうっすらとしか輝かないが、魔法陣の出現が確認できることから一応は発動できているみたいだ。

魔力を体に流したり、空中へと放出することで魔力を使い切ることもできるようになった。

いい調子だ。

でも、ライトの魔法を詠唱なしでできるのはなぜだろうか？

◆

三ヶ月目になると、両親の言葉もついにわかるようになったので楽しいこの頃。

俺の名前はアルフリート＝スロウレット。

母さんの名前はエルナ＝スロウレット。

父さんはノルド＝スロウレット。

姉さんはエリノラ＝スロウレット。

そして兄さんがシルヴィオ＝スロウレット。

スロウレット家の爵位は男爵らしく、爵位自体は低い。

しかし、父さんの功績のお陰で貧乏でもなく、それなりにいい暮らしをしている。

優しくて細いイメージのある父さんだけど実は元冒険者。着痩せするタイプなのか、実は結構筋肉があって逞《たくま》しい体をしている。

父さんはどんな功績をあげたのだろう？

母さんは商人の家系らしく魔法も少しだが使える。この前俺を喜ばすためにライトの魔法を使ったり、火の玉を出したりしていた。

さすがに母さんは慣れているだけあって、魔法の発動がスムーズだった。

昔は魔法使いだったりして。

◆

適度な運動と生前の感覚を覚えているお陰か、すでに寝返りをうてるようになった俺。

確か普通の赤ちゃんは、初めての寝返りをするのに四ヶ月とか五ヶ月必要だったはず。

三ヶ月は少し早いかもしれないが、そろそろ俺の両親に寝返りのお披露目をする日も近い。

◆

『我は求める　全てを照らし出す光を』

心の中で詠唱をして、ライトの魔法を指先から発動させる。

魔法に慣れて経験も積めば、詠唱文が省略でき、精神統一に必要な時間も減るようだ。

小さな魔方陣が展開され、適度な明るさが指先に灯《とも》る。

発動から三十秒を超えたあたりでスムーズに一定量の魔力を流すことができなくなったのか、明るさが落ちていく。

むー、一定の魔力量を保ち続けるのはなかなかに難しい。

しかし、三十秒とは新記録だな。

この前は二十秒くらいが限界だったし。魔力量も増えたお陰か、三十秒だったらあと七回はライトを発動できるかな？

心の中で達成感を感じていると、扉の向こうから足音がする。

父さんか母さんかな？

「失礼いたします」

ゆっくりと音を立てないように、静かに入ってきたのはメイドの格好をした女性。年齢は二十歳くらいだろうか？

黒のワンピースに白のフリルの入ったロングスカートとエプロンを着けている。

真っ黒のサラッとした癖のない髪の毛の上にはカチューシャが着いている。

この世界に、黒髪の人もいたんだぁ。何だか懐かしいな。

それにしてもメイドがいたとは。いや、一応うちは貴族の家なんだしいるのが当たり前なものなのかな？

今までは父さんと母さんの二人で俺の世話をしてくれていたのに、一体どうしたのだろうか？

「ノルド様がお仕事のため不在となりましたので、この度エルナ様と一緒にお世話させて頂くことになりました。サーラです。よろしくお願いいたします」

綺麗な動作で頭を下げるサーラさん。

あー、そういえば昨日の夜に父さんが出かけるとか言っていた気がする。

あんまり遅くに来るともう眠くて。

それにしても生後三ヶ月ちょっとの赤ちゃんにまで頭を下げるなんて。礼儀正しいというか。

「さっそくですが、部屋のお掃除からさせて頂きます」

礼儀には礼儀をもって答えておこう。

「あいー」

「っ!?　……偶然ですよね？　余りにもタイミングがよかったからびっくりしたー」

俺の声に驚いたのか、サーラさんから素の口調が出てくる。

凛《りん》とした大人っぽい雰囲気とのギャップがあり、少し可愛らしいな。

気を取り直して次々と掃除をしていくサーラさん。

「失礼します。アルフリート様。お布団をお取り換えいたします」

布団の交換をするために、一度布団と一緒に俺を床に置くサーラさん。

チャンス！　今ならドアも開いている。

サーラさんはベッドを掃除していて俺に背を向けている。いける。

このまま転がって屋敷を探検するんだ！

コロコロと転がり、開いたままのドアから赤い絨毯《じゅうたん》が敷かれた廊下に出る。

赤ちゃんの低い視点のせいか広く大きく見える。

おっと、扉の前にいたらすぐにバレて回収されてしまう。

続けて廊下をコロコロと転がる。

他の部屋も掃除中なのか、隣の部屋も扉が開いている。

中を覗《のぞ》くと誰もいない。椅子や机など最低限の家具はあるけど随分と寂しい。空き部屋かな。

次の部屋を目指してコロコロと移動する。

あっ、下り階段がある。ということは、今いるこの場所は二階だったのか。

空き部屋の隣の部屋を覗くと、部屋には少し良さげな机と、棚にはギッシリってほどではないけど、本が並んでいる。

ここは書斎みたいなものかな？　本に興味はあるけれど、まだ届かないな。もう少し大きくなれば、小さな椅子でも使えば届きそうだ。

よし、次の部屋に行こう。

「あれっ？　アルフリート様がいない⁉　どこ⁉」

俺の部屋からサーラさんの驚いた声が聞こえる。

まずい、回収されてしまう！

どうしようか悩んでいると階段の下の方から足音が聞こえてきた。

「よいしょ、よいしょっと。ふうー、水は重いからもう大変。……あ」

「あう……」

階段を上がってきた茶髪のメイドとバッチリ目が合ってしまった。

終わった。俺の冒険。

「えええええ⁉　アルフリート様⁉」

「え⁉　もしかしてメルさん、そっちにアルフリート様がいます？」

俺の部屋からサーラさんがやってくる。

「え？　ええ、書斎にいるわよ」

「……いつのまに」

「サーラ。あなたアルフリート様の部屋の掃除当番じゃなかったの？」

「それが、ベッドの掃除の時に、少し目を離してしまい……」

サーラの小さくなる言葉を聞いて、ため息を漏らすメル。

「もー、私達の中で乳児を育てた経験が一番多いからサーラに任せたのに。しっかりしてよね」

「はい、すいません。……うー、どうやってこんな所に」

「ハイハイするにも、まだ早いわよね……」

「「……一体どうやって？」」

◆

その日の夜。

「奥様。アルフリート様のことでご報告があります」

「あらどうしたの？」

「本日私が目を離した隙に、アルフリート様がいつのまにか書斎に移動しておりました」

「あら～？　もうハイハイができるようになったのかしら？」

「それは早すぎるかと」

「さっきも見たけど特に異常はなかったわよね～。これからはより注意して見てみましょう」

「はい」

新しい魔法を使いたい

I want to enjoy slow Living

魔力操作の訓練に大分慣れてきた最近。ライトの魔法も、息をするように発動できるようになった。

魔力量も毎日使い切って、寝て回復しては使い切ることを繰り返して、最近は自分の中にそれなりの多さの魔力を感じ取ることができる。

俺は空間魔法が使えるはずだから、魔力の素養はそれなりに高いはずだ。

でもあの神様のことだから『実はお主の潜在魔力量が少ないから、残念ながら使えないのじゃ』とか普通にありそうだ。

ライトの魔法以外にも、魔力で体全体を覆ったり、足や腕などの一部分に集中して纏《まと》わせたりする練習もしている。

これが何とも難しい。油断するとすぐに魔力が揺らいでしまう。

ライトには慣れてきたが、やはり魔力操作はまだまだのようだ。魔法は深い。

俺の謎の移動事件の翌日には、エルナ母さんの前で綺麗な寝返りを披露。

エルナ母さんは俺の成長に大はしゃぎしていた。

もう一回やってと何回もねだるので、繰り返し寝返りをし、そしてコロコロと転がる。

ますます喜ぶエルナ母さん。その後ろに控えるサーラさんは、掃除中での移動の謎が解けてなるほどというスッキリした表情をしていた。

後でノルド父さんが帰ってきたら、また寝返りを要求されて、両親共にまた大騒ぎしていた。

◆

俺が生まれて五ヶ月。

「あれ？　魔力？」

「そういえば、微かに魔力の気配がするね」

エルナ母さんとノルド父さんが顔を見合わせる。

つい、人前で魔力を流してもバレないかと思い、好奇心でやってしまった。

二人の感覚が鋭いのか、エルナ母さんに抱き抱えられているからか、これだけ至近距離で流せばバレるのが当たり前なのかはわからないけど。

「となると、もしかしてアル？」

問いかけるように俺の瞳を覗き込むエルナ母さん。

「あいー？」

「魔法の素養が高い赤ちゃんが無意識に魔力を使ってしまうって話を聞いたことがあるよ。アルもそうなんじゃないかな？」

「そうだとしたら嬉しいわね。もしかしたらアルの将来は優秀な魔法使いかもね」

にこやかに両親は微笑み合う。

よし、さらに驚かせてあげよう。

俺はエルナ母さんの腕の中で床に下りたい意思を伝えるように、ゴソゴソと動く。

「アルったらどうしたの？　コロコロしたいの？」

つい先ほどまで大人しかった俺が突然動き出したことに驚くエルナ母さん。

いや、違う。転がるのではない！

俺はさらに進化する！

ゆっくりと丁寧に俺を床に下ろすエルナ母さん。

それだけで、俺に気を使っているのがわかる。

エルナ母さんとノルド父さんは注意深く俺を観察するためにしゃがみ込む。

仰向けの状態から寝返りをうつよう、うつ伏せになる。そして両手で上半身を持ち上げ、手と足を使いハイハイをして進む。

「ハイハイ⁉　アルったらもうできるようになったの⁉」

「エリノラでも七ヶ月半だったのに」

固唾《かたず》を呑《の》んで見守っていた二人が、大いに喜び出す。

「まだ五ヶ月なのにアルは凄いね～」

二人とも仲がいいね。続きは夜にやってね。

微笑み合い、二人はそのまま一瞬触れるくらいのキスをする。

「エリノラやシルヴィオの時は苦労したからね。すくすく育ってくれて嬉しいよ」

「全く泣かないし、手のかからない子だったから心配だったわ〜」

「本当だね」

◆

ハイハイができるようになったので屋敷を見て回ろうと思う。

エルナ母さんに抱いてもらって何回かは見て回ったことがあるのだが、ちょっとした気分転換程度で、一階や玄関やエルナ母さんの寝室くらいしか見たことがない。

外も庭を少し回った程度で、家の外にはどんな光景が広がっているかわからない。

今日はハイハイでの移動を認められたのでどんどん探検する。

今日の俺のお守りはエリノラ姉さん。赤茶色の髪をポニーテールにしており、髪の毛を可愛く揺らしながら俺の後ろにぴったりと付いてくる。

いつもは、エルナ母さんやサーラなんだけれどね。面倒を見てお姉さんぶりたい年頃なのだろうか。

「そっちは駄目！」

子供なのでサーラより好きにさせてくれるかと思いきや、結構細かく世話を焼いてくる。

一階への階段を少し覗いたら通せんぼされてしまった。今の俺はお預けをくらった犬のような姿になっているに違いない。

「二階は駄目なの！」

どうやら二階には絶対に行かせないように言われているらしい。

二階は奥からノルド父さんの部屋、エルナ母さんの部屋、エリノラ姉さん、シルヴィオ兄さんの部屋と続き、他には遊び部屋なんかがある。

あとは俺の部屋、リビングのような部屋、空き部屋、そして、この前俺が回収された書斎部屋と、二階は家族のプライベート空間が確保された造りになっているようだ。

なら、書斎でエリノラ姉さんに本でも読んでもらうか。エリノラ姉さんに取ってもらえさえすれば、あとは本を抱きかかえでもして持ち帰ることができる。

そうすれば、部屋で好きに読むことができるかもしれない。

文字については、部屋に掛けられた文字表のお陰もあって、ゆっくりとなら読むことができる。つめ込めば、本当にすぐにしみ込んでいく脳だ。

今ならどんな言葉でも覚えられる気がする。

「あうー」

「本の部屋に入るの？　あそこは本だけで何もないよー？」

「あいー」

俺は入りたい意思を表すために、トントンと木製の扉を叩《たた》く。

何か本当に犬になったみたいだ。

「別にいいけどー」

扉が開くなり、すぐに部屋へと入り、目当ての書物を探して本棚を見上げる。

探すのは、魔法関係の本や、この世界の情報がわかる本。ノンフィクション冒険記なんかが嬉しいかな。

あった！

『魔法教本』

『ダンフリーの冒険記』

『美味しい料理本』

『サーボリーの日常』

うんうんさすがだよ、待ってたよ魔法教本。エルナ母さんが魔法を使えるから、あると思ったんだよ。

他にも冒険記に、料理本。

いいね。興味ある。

『サーボリーの日常』になぜか凄く惹かれる。どうしてだろう。

サーボリーって何かさぼりみたいだ。チェックしておこう。気になる。

うん、他はよくわからないし時間があったら調べよう。

とりあえず、今の目当ては赤色をした魔法本だ。

俺はターゲットを魔法教本に絞り込む。

魔法教本は棚の中段にあり、エリノラ姉さんが椅子に乗ればちょうど届く位置にある。

「あうー」

俺は棚を叩いて、本を見てみたいというアピールを無邪気にする。

「どうしたのアル？　本でも見たいの？」

俺の様子を見て推測するエリノラ姉さん。

そうです！　そうです！

「あい！」

言葉が通じてるかのように、返事する俺。

エリノラ姉さんは特に俺の様子に疑問は抱いていない。……多分大丈夫。

「どの本なのー？」

エリノラ姉さんでも届く下の段から本を一冊取り出してくる。

違う。『マリーン姫と三匹のドラゴン』じゃない。

「じゃあこれー？」

それも違う。

俺は視線を中段に向ける。

「真ん中の本なのー？」

背伸びしたのだが、届かないのでエリノラ姉さんは椅子を引きずって棚に寄せる。

そして真ん中の段の本を新たに指さしていく。

「これー？」

惜しい！　もうひとつ左！

「こっちー？」

エリノラ姉さんがついに魔法教本を掴《つか》む。

「あいー」

魔法教本に反応した俺を見て、エリノラ姉さんはそれを引き出す。

「じゃあ、読んであげるねー」

さすが姉さん。頼りになる！

俺の隣にエリノラ姉さんも寝転び、寄り添って本を開く。

「魔力とは全ての人々が持っている力であり、魔力を持たない者はこの世界にはいない」

知ってます。神様から聞きました。

「――そして魔法は人それぞれのイメージ、願いの具現である。繊細なイメージや魔力操作に慣れると詠唱に用いる時間が少なくなるようだが、詳しいことは研究中であり、無詠唱で魔法を扱う魔法使いはとても貴重である」

なるほど、俺のライトの魔法が無詠唱でできるのは、毎日ずっと使っていて慣れたお陰なのか。

何せ神様直伝の魔法だからな。というか、今はこれしか知らないからライトの訓練をするしかなかったんだ。

あれ？　どうしたエリノラ姉さん？　続きを読んでほしいんだけど。

「……ここからはよくわからない。お母さんが読んでくれたのここまでだから」

なるほど、それですらすらと読んでいたのか。

さっきまでの頭の良さそうな凛々《りり》しさはどこにいったんですか……。

適当にぺらぺらとページをめくってみる。

あ！　水魔法とかあるよ！　見てみたい。

「エリノラ様。そろそろアルフリート様をお休ませにならないと」

「はーい、サーラ。本は終わりー」

そこで俺は取られてたまるか！　と本にしがみつく。

「んー、もう終わりよー？」

「どうしました？」

「アルが本を離さないのー」

「気に入ったのかもしれません。その本も一緒に持っていってあげましょう。本に興味を示すとは珍しいですね」

何とか成功した。これで魔法の勉強ができる。ライトも飽きてきたんだ。

だらけた？三歳児

夜、寝たふりをして部屋からエルナ母さんが出ていくのを確認して、ベッドの傍らにある魔法教本を開く。

電気なんて便利なものはないので、ライトの魔法を灯り代わりにする。照明の魔導具は存在しているようだがこの部屋にはない。

この間ノルド父さんの執務室でそれらしい物を発見した。

ちなみに魔導具には、魔法陣の他に核となる魔石というものが必要だ。

魔石を得るには魔物を倒すか、または魔力の濃い危険地帯で採掘できるらしいのだが、そこには凶悪な魔物がいるので難しいらしい。

そんなところには絶対に行きたくないものだ。魔物とか怖すぎる。

さて、話は少し逸《そ》れたがさっそく本を開きページをめくる。

最初の方の基本事項なんかは神様とエリノラ姉さんのお陰で大丈夫だ。ペラペラととばす。

お目当ては魔法の使い方だ。

あった。下級の基本魔法って書いてある。

『魔法には【火魔法】【水魔法】【土魔法】【風魔法】【無魔法】がある。その他には水からの派生の【氷魔法】、稀《まれ》に【雷魔法】を使う者もいるが極めて少ない。この本を手に取った諸君が将来優秀な魔法使いとなり、ミスフィリト王国の力となることを心より願う。ユリウス＝ミスフィード』

ミスフィリト王国って何処《どこ》だよ、と心の中で突っ込みながら、俺は扉絵を眺める。

柄にもなく、新しい魔法をこれから覚えられるんだと思って心を弾ませてしまった。

すり切れた二十七歳の心に希望を与えてくれるなんて……。

ここでは一歳にもなってないけど。

感動しながらもページをめくる。

火の魔法は火がついて危ないから、まずは安全そうな水かな。

あった。水魔法！

『我は求める　清らかなる水よ　集え』

「あえはおおえる　いよあある　うぃずよ　ふどえ」

……試しに声に出して言ってみたけど、自分でもよくわからなくなったぞ。

何だか言えそうで言えない感じがもどかしい。舌がうまく回らない。

体操の他に演劇部でやるような発声練習もやっておこうかな……。

今度は声に出さず、同じ文章を心の中で詠唱する。

すると手のひらに、水をすくったように水が現れた。

うおー！　できたできた！　無詠唱を一発でできたことが意外だったが、今まで生きてきた年数を思えば当然なのかもしれない。イメージが大切なら、水なんてさんざん見てきたのだし。

これでいつでもどこでも水が飲めるな。うん、これ凄く重要！

だからといって、毎回魔法で水を飲むことはしないけど。

今住んでいる田舎の水はとても美味しいのだから、飲み水は魔法の水というのも味気なく思う。

日本で俺の住んでいた所の水は、殺菌に使われる塩素がキツいのか、美味しくなかったなー。

それに比べて田舎の水は、塩素がそれほど含まれていないから美味しいらしい。

塩素殺菌がキツいと水は美味しくなってしまうんだって。

それでも東京なんかの一部の都市では良い洗浄処理のお陰で十分美味しいらしいけど。

魔法の水はどうなんだろ？

ペロリと魔法で作った水を舐めてみる。

……まあ、普通に水？　冷たくていいけど日本の天然水には負けるね。

さて、次は風かな！

初級魔法だから小さな風を起こす魔法かな？

『我は求める　大気に漂う　安らぎの風よ』

心の中で詠唱する。イメージは今まで感じたことのある心地よい自然の風。扇風機じゃないよ。

すると突然、空気がフワッと流れてきた。

吹き抜ける風が気持ちいい。まだ外にあんまり出られないから風が恋しいんだ。

ふと思ったが、魔力を多く込めるともう少し強い風になるのかな？

気になりもう一度、少し多めに魔力を込めて風の魔法を使う。

ヒュゴオオオオ！

予期せぬ強風に俺は思わず目をつぶる。

強い！　強い！　強い！　強い！

魔力を流すのをすぐさま止めて、魔法を中止する。

イメージと魔力量が合わなかったのかもしれない。

部屋を見ると結ばれていたカーテンがほどかれ垂れ下がっているくらいで、他には問題ない。

……この部屋に物が大してなくてよかった。

会社のデスクでこの魔法を使うと、阿鼻叫喚《あびきょうかん》の地獄絵図となるだろうな……。

この日は怖くて火の魔法は使わなかった。

◆

それから二年と少し。

俺ことアルフリートは三歳になった。

体も大きくなり、まだ転びやすいけど走れるようにもなった。

魔力増量訓練も、魔力を使い切るのに時間がかかるようになった。

魔力が増えるにつれて、魔力を切らした時の脱力感などが強くなったような気がする。

これは魔力量と比例しているのだろうか？

「またこんな所でだらだら寝てる！」

何を？　ここは俺のお気に入りの草原だぞ？

ここは屋敷の裏口から歩いて十分ほどの草原。

ちょうど邪魔にならないくらいの丈の草が一面に広がり緑のカーペットのようだ。

寝転がっている俺を呆れた表情で覗き込んできたのは、我が姉であるエリノラ。

六歳から九歳になり、子供ながらも体がスラッと成長し始めてきた最近。

吹き込まれる風によってゆらゆらと揺れる赤茶色のポニーテールは、さらに長く色鮮やかになっており、日に日にエリノラ姉さんを女らしく見せる。

顔の輪郭もほっそりとしたラインをしていて、赤色の瞳はキリッと力強い。

「休憩してるだけだから、別にいいじゃん」

「また目が死んでるわよアル？」

「いや、寝起きで目付きが少し悪いだけだよ」

俺の容姿は残念なことに、家族の中で一番悪いかもしれない。というか俺以外の家族の容姿が優れすぎているんだと思う。

エルナ母さんと同じ栗色の短い髪の毛に、少し細めの目には茶色い瞳が見える。

これが俺の容姿。

何とも言えない。目の死んだ雰囲気は子供にしてはやさぐれてるが、魔力切れの倦怠感が出

ちゃってるだけで、英気を養えば復活するさ。

魔力切れじゃないのに、たまに死んだ魚のような目をしているとか、疲れてるの？　と聞かれるのは、偶然だと思いたい。

きっと前世のサラリーマンのくたびれた感じが、ふとした瞬間に出ちゃっただけさ。

僕は元気な三歳児だよ！

「お母さんが、たまにはアルを外に連れ出してあげてって言うから来てあげたのに」

エルナ母さんは、あまり手がかからない俺をよく気にかけてくれる。

本来は手のかかる好奇心旺盛な三歳児のはずが、よく部屋で寝転んでいるのを見たら、そりゃ心配するよな。実際は魔法使ってくたばってるだけだけど。

もともと成長も早く、賢い子と認識されていたお陰でわりと自由に過ごせている。

倦怠感がまだ残っている俺が立ち上がらないのを見て、エリノラ姉さんが眉根を寄せて口をへの字に曲げ、不満を露わにしている。

「いや、エリノラ姉さん、昨日も俺を川に無理矢理連れていったよね？　それもエルナ母さんの頼み？」

「それは心優しい姉である、あたしの判断によるものよ」

どうよ！　とばかりにない胸を張るエリノラ。

何てことだ！　昨日俺のお昼寝が妨害されたのも、一昨日の魔法訓練が妨害されたのも、俺の分のお菓子を食べられたことも（関係ない）、全部エリノラ姉さんのせいだったなんて！

「俺にはエリノラ姉さんが鬼に見えるよ」

「いいから早く行く！」

抵抗は無駄なようだった。

エリノラ姉さんの白くて柔らかい手に引きずられながら、俺は今日も連れ回される。

空間魔法とカブトムシ

I want to enjoy slow Living

「自分の足で移動できるって最高」

朝の食事を終えて、軽い足取りで屋敷を歩く。

この世界の食事は一日三食だ。俺とエリノラ姉さんはそれだけでは足りないので、ちょくちょく厨房に入りパンや余り物を頂いている。

子供だから仕方がない。食べ盛りなんだよ。エリノラ姉さんは単純に体をよく動かすから燃費が凄いんだろう。あれは化け物だよ。あの細い体のどこに入るのだか。

「それにしても歩けない時は、何をするにも不便で困ってたなー」

感慨深く俺は呟く。赤ん坊の時は本一冊取るにも一苦労したもんだ。

あの頃は魔法教本を見て、魔法の訓練くらいしかすることがないせいで、魔法教本に執着する変な子だと思われていたよ。

まあいいや、今日はのんびりと本の続きを読もう。

書斎へと入ると、部屋には俺の兄であるシルヴィオ兄さんがいた。

エリノラ姉さんが九歳。

シルヴィオ兄さんが六歳。

俺が三歳。

俺の両親は綺麗な年の差を狙ってるのかな?

いや、でも俺三歳になったのに、弟か妹がいないぞ。なぜだ。

前世でも俺は末っ子だったし、これは運命なのだろうか。

シルヴィオ兄さんは椅子に座って本を読んでいる。

シルヴィオ兄さんの容姿はノルド父さんによく似ている。金髪に碧眼《へきがん》。性格もどちらかというと柔らかい。そして何より顔が整っている。将来は絶対に女泣かせになるに違いない。

剣に興味を持つエリノラ姉さんに対し、シルヴィオ兄さんは本や勉学に興味を持っている。

見事に正反対になってしまったようだ。

まあ、それはエリノラ姉さんのせいな気もするけど。

あれだけシルヴィオ兄さんをボコボコにすればねぇ。

エリノラ姉さんは剣が好きで、将来は騎士を目指している。

男尊女卑の考えが強いこの時代では、女性が騎士になるのは難しそうだが、エリノラ姉さんはどうやら剣の才能が凄いらしい。

ノルド父さんも、姉さんには教養を身に付けて、内政に関わったりしてほしかったらしいのだが、本人が真剣なことと、剣の才能があったことで今では剣技を教えてるみたいだ。

そして一応、俺は魔法に興味を持っていることになっている。

今ではエルナ母さんがたまに教えてくれるほどだ。

「アルも本を読むの？」

「うん、読めないところも多いけど、面白いから」

「そう？　アルは言葉もうまいし、読めそうだけど、わからないことがあったら聞いてね」

そう言うとシルヴィオ兄さんは苦笑しながら、また本に目線を戻す。

この落ち着き、本当に六歳児かいな！

シルヴィオ兄さんは、エリノラ姉さんと違って静かで優しくていいや。

叩いてこないし。

◆

昼食を食べると森の方へと足を向ける。目的は魔法の練習。

この世界には魔物がいるけど、コリアット村の周囲にはそれほどいない。

それに、父さんや自警団が頻繁に間引いてくれているから安心だ。

ゲームのようにポンポン出てくるかと思ったけど、こんな田舎でそんなに出てきたら人間滅びちゃうよ。

しかし、魔力が濃いエリアとか、特定の森とかは魔物がウジャウジャと徘徊《はいかい》しているそうだ。危なすぎる。

◆

「よし、着いた」

森の奥には魔物がいるから、入ったら怒られるので行かない。

なので、森に入ってすぐの少し開けた場所を秘密基地のように改造している。

邪魔な木を切り倒して、土魔法を使って地面を盛り上げて机や椅子を作ったり、簡単な小屋を造ったりしたのだ。あとは魔法の練習用の的があるくらいだ。

男なら自分だけの空間、秘密基地って憧れたよな？　誰にも知られない快適な場所。昔はよく造ったよ。

さて、今日は空間魔法に挑戦してみようと思う。今まで魔力が足りなくて増やすことに専念してたのと、他の魔法に夢中で試してなかったけど、今の魔力量なら余裕で発動できるはず。

具体的な魔力量はわからないけど、体感では一歳の頃より五倍は増えたぞ。これで無理なら空間魔法の燃費が悪すぎて困る。

よし、まずは転移したい場所をイメージだな。最初だし短距離にしておこう。

俺がいる小屋から、外にある土魔法で作ったテーブルの上に転移しよう。

転移させる対象は俺じゃないよ？　石ころを転移させるんだよ。いきなり人間転移とかハードルが高い。実験は失敗しても大丈夫なものからだ。

いつもの何倍も多い魔力を込める。

すると魔力が手のひらの上の石ころを包み込み、石が水色の光を帯びる。

そして小屋の窓から視線をテーブルに向けて、

「転移！」

俺が言葉を発すると、手元の石ころがフッと消える。

カンッ、コロコロ。

スッと目線の先の虚空から石ころが現れて、テーブルに落ちて転がる。タイムラグはほとんど感じられない。

高まる興奮を抑えて、俺はさらに石ころや、枝、葉っぱに砂、何でも集めてテーブルの上や、椅子の上に転移させていく。

「うおー！　すげー！　さすが神様！」

凄い凄い！　多少の位置のズレがまだあるけれど、本当に物を転移させることができた！

この力があれば、お片付けなんてしなくていいし、荷物持ちもしなくていい！　それにエリノラ姉さんにばれることなく反撃できる！　これは本当にいいものだ！

しかし、最初に頭に浮かんだのがこのことっていうのは、平和な思考なのかアホなのか。

うん、そういえば輸送とかでお金を儲《もう》けることもできるよね。優雅なスローライフのためにも少し視野に入れておくか！

よし、次は研究だ。空間魔法にはどんなルールがあるのかな。

石ころと葉っぱでは魔力の消費量が違った気がしたんだけど。

今度はギリギリ俺でも両手で持てる大きな石を持ち上げる。

ぐぬぬぬ。重た！

「これは体を痛めてしまう！」

俺は瞬時に魔力を全身へと巡らせる。

魔力は身体に纏わせることで筋力や肉体を強化できる。純粋に腕力が上がったり、剣に纏わせて切れ味を上げたり、耐久力や攻撃力を上げることもできる。

三歳児の体にはこの石は重かったので、今回は魔力を体に纏わせることによって筋力を上げ、持ち上げられるようにした。

でもこれも長くやると筋肉痛になるから嫌なんだ。

三歳児にはキツいけど少しだけなら大丈夫。

「それ！　転移！」

コト。

よーし、成功。ゆっくりテーブルの上に転移できるように細心の注意を払ったよ。

最終目標はあたかも最初からあるかのように、優しく柔らかく転移させることだ。

次は小さくて軽い葉っぱ。さっきの石とは反対の条件。俺の推測が正しければ……。

「転移！」

ヒュルリと何もない空間から落ちてくる葉っぱ。

普通に木から葉っぱが落ちたと言われても信じられるくらいだ。

ちくしょー、スッとテーブルの上に載せたかったのに……。

でも、やはり俺の推測通り。

転移させるものが重くて大きいほど魔力の消費が大きいことがわかった。

まあ、当たり前っちゃ当たり前だよね。

一人が重い荷物、もう一人が軽い荷物を運んだとして、二人の消費エネルギーが同じってのも変だし。

次は生き物。何かいないかなー。

小屋の窓部分から顔を出す。

青々とした木々に遠くから聞こえてくる鳥の声。

……何もいない。

諦めて振り返ると、室内の壁にはカブトムシのような奴がいた。

「ような奴」といった理由は、角の形状が俺の知っている地球のカブトムシとは違ったからだ。

しかし、大体似たような奴だろう。

角がフォークみたいでも気にしない。さすがファンタジー。

フォークカブト（命名）を慎重に掴む。

よく考えたらフォークのような角で刺してくるんじゃ……。

思考を巡らせすぎてヒヤリとしたが、掴むと少し足をばたつかせるだけであり、大人しかった。

「よーし、フォークカブト！　お前は世界で初めて転移を経験する生き物だぞ！　光栄に思うがいい！　転移！」

先ほどと同じように魔力がフォークカブトを包み込む。

そして、次の瞬間、フォークカブトはテーブルの上にいた。

「成功だ！　やったな！　フォークカブト！」

フォークカブトに駆け寄り、喜びを分かち合っていると、何やらブーンという音と共に拳大のものが俺の頭にぶち当たる。

え？　何？　石ころでも投げられたの？　三歳で虐《いじ》めが始まるの？

何て過酷な世界……。

混乱の思考の中、顔を上げると、目の前にはスプーンを付けたようなカブトムシ（恐らく雌）が飛んでいた。

多分言いたいことは、俺の男に何ちょっかいかけてんだよ？　的な。

どの世界でも女は強いんだね。

この後、三十分くらいスプーンカブトに追いかけられた。

◆

スプーンカブトに追いかけられた後は、自分自身の短距離転移に成功した。

最初は間違って、地面より一メートルくらい高い空中に転移して焦ったけど。

その日は短距離転移を繰り返して屋敷に帰った。

次は長距離に挑戦、障害物を越えて、さらには複数転移などなど、まだまだ課題はある。

いつかはどこにでも自由に旅行に行って、買い物ができるようにしたいな。

飽きっぽい三歳児

I want to enjoy slow Living

「転移！」

カラン！　カラン！　カラーン！

隣の部屋からは、木製の皿が地面に落ちたであろう音がする。

俺の転移させた皿が空中に転移したか、何か障害物に当たったたか。多分感覚的に前者。

「あー、なかなか難しいな」

初めて物を転移させた日から二ヶ月。

色々な条件での転移を試して、ルールがわかってきた。

まず転移の最大の疑問であった、転移する場所に別の物体がある場合。

例えば俺が自分の部屋に転移しようと、いつも通りその場所をイメージして転移する。しかし、その転移しようとした場所に人がいたり、物が置かれていたりすると、自動的にぶつからないよう場所を移して転移してくれるのだ。

ようするに、転移でミスっても壁の中にめり込んだりしないってこと。

お陰で安心して自分の転移を実験することができた。

そして次には、俺が直接触らないと転移させることができない。

数メートル先に転移させたものを拾うのが面倒くさくて、引き寄せる転移とかできないかなー、とか思ったけど無理でした。

あとは、物体の半分だけ転移させることもできない。

この皿の半分だけを転移させることはできないってこと。

ということは転移魔法には物体を破壊、上書きしてしまう効果はないってことなのかな？　だとすると安心でいいけど。

あとは予想通り、無機物より生物の方が魔力の消費が多いとか、距離が遠くなるほど魔力を消費するとかだ。

自分以外の人間の転移も試してみたいんだけど、他の人も許可なく転移できるのだろうか……。

俺が思考にふけっていたところで、突然俺の部屋の扉が勢いよく開けられた。

「うわあ！」

「ねえアル！　暑いからあれ出してよ！　氷！」

「ちょっとエリノラ姉さん、ノックくらいしてよ。びっくりするよ」

「いいじゃない別にー」

「次からはしてね」

はーいと気が抜けた声を出すエリノラ姉さん。絶対次もノックしないな？　何か罠《わな》でも仕掛けようかな。

「じゃあ氷出して」

うん、仕掛けてやる。全く反省していないな。

次は入った瞬間、転移魔法で頭上から物を落としてやるか。氷とか服の中に入れてやったら面白そうだ。棚をドアの前に転移させて入らせないようにするのもいいね。

「痛い！　何で叩くの⁉」

「何かくだらないこと考えてる顔してたから」

「何それ？　理不尽！　三歳の可愛い弟だよ？」

エリノラ姉さんの前では想像の自由すらないなんて……。

「理不尽なんて難しい言葉どこから拾ってきたの？」

「本です」

こう言っていれば大抵何とかなる。

「まあいいから早く出してよ」

我が姉は弟使いが荒いよ。早く出せとばかりにエリノラ姉さんは皿を突き出す。

「はいはい、アイスキューブ」

やれやれと思いながら、ブロック状の大きな氷を魔法で出して皿に載せてあげる。

ちなみに、氷魔法は水魔法の上位魔法に分類される。冷房なんてないこの世界では夏にクーラー代わりの冷気は必須。必死に練習したよ。

「違うわよ！」

「え？　これじゃないの？　氷だよ？」

頼まれた通りに氷を出したというのに、エリノラ姉さんはバンッと床を叩く。

一体何が不満だというのかね？

「この間アルが食べてた、フワフワシャリシャリしてるやつよ！」

「んー？　かき氷のこと？」

「そう！　それ！」

いや、名前知らないのにどうして相槌《あいづち》打ってるの。

「まあいいけど」

仕方ない。エリノラ姉さんのために可愛い弟が頑張るとしよう。

アイスキューブが入ったお皿を端によけて、転移の練習に使っていたお皿を二つ取る。

もう一つはシルヴィオ兄さんにあげよう。

俺は氷魔法を使い、サラサラとお皿にかき氷をどんどん積み上げる。

「うわー、細かーい。アルは器用ね」

サラサラと細かい氷が積み上がる姿をじーっと見つめるエリノラ姉さん。

「まあね」

そんな純真なほめ言葉を貰うとちょっと照れくさくなってしまう。普段はガサツなのに。

ちなみにこのくらいの魔法なら詠唱なんていらない。元から省いてできるからあんまり詠唱しないけれども、魔力操作をしっかりすればこれくらい楽勝。

白銀の粒がサラサラとお皿一杯に盛り上がる姿は、どこか日本の主食であるお米を連想させる。

しかし、この村には米がない。

さすがに、パンやスープ、パスタみたいな小麦が主食の生活に飽きがきたよ。

俺は断然米派だよ？　パンじゃ力が出ない。

「はい、かき氷。スプーンは？」

「ないわ！」

堂々と言い放つエリノラ姉さん。

俺に取りに行かせるつもりだったのか。まあ、スプーンも転移の練習のために用意してるからちゃんとここにありますよ。もちろん木製なので安全。

「はい、スプーンもあるよ」

「アルってば準備いいー」

喜ぶエリノラ姉さんを尻目に俺はもう一つのかき氷を持って立ち上がる。

「じゃあ、シルヴィオ兄さんにも渡してくるから」

「シャリシャリして冷たーい」

もう聞いてないや。

「エリノラ姉さん、かき氷にはもっと美味しい食べ方があるんだよ？」

「なになに？　教えて！」

軽くトリップしていたエリノラ姉さんは、現実へと帰還して猛獣のように俺に迫る。

思った通りに食いついた。

「かき氷はね、少しずつじゃなくていっきに食べた方が美味しいんだよ?」

「えー? 勿体ないわよ」

「その方が美味しいんだって。騙《だま》されたと思ってやってみてよ」

「んー、わかった! なくなったらまたちょーだいね!」

「はいはい、いくらでも」

部屋を出る時に横目でエリノラ姉さんを見ると、どんぶりをかき込むかのようにかき氷を食べていた。

少しすると廊下にはエリノラ姉さんの奇声が響き渡った。

◆

今日は我が家の食事のレパートリーを増やそうと思います。

かき氷からお米を連想してしまって、ついに日本料理が恋しくなってしまった。

だが、このコリアット村にはお米はないようなので我慢をし、この世界の主食である小麦を使って料理をする。

この世界にお米はないのだろうか……。

俺は屋敷の一階の左奥にある厨房へと歩く。

厨房の近くにあるメイドさんの休憩部屋では、屋敷内の様々な情報が日々飛び交っている。

「あー、暑い。氷出してー」

「今は夏よ？　王都の特別な魔導具でもないと無理よ」

「夏だから欲しいんですよー」

「はいはい、水でも飲んでなさい」

「キンキンに冷えたエールが飲みたいですー。冷えてたら水でもいいですからー」

「贅沢言わないの。ここの水はまだ冷たい方よ」

「雪でも降らないかなー。あっ、そういやこの前アルフリート様の部屋がなぜだか涼しかったんですよ！」

「アルフリート様の部屋が？」

「そうです！　こう、部屋に入ると空気が冬のようにヒンヤリとしていたんです！」

「本当かしら？　ミーナってば暑さでボケたんじゃないの？」

「うー、本当ですってー、ボケでも夢でもありませんー」

「それにしても、アルフリート様はとても三歳には思えないわよね」

「分かります！　天才すぎますよね？　私なんて簡単な計算教えてもらっちゃいましたよ？　年上としての威厳がないです」

「天才なのは間違いないけど、行動がこう斜め上をいく感じなのよね。っていうかミーナには元から威厳なんてないでしょうに」

「前者は同意ですけど後者は否定したいですー」

メイド達が気の抜けた会話をしている。

今日の話題はどうやら俺のようだった。

ずっと聞くのも楽しそうなのだが、今日は目的があるので通りすぎる。

「お！　坊主！　今日も来たか！」

面倒見のいいおっちゃんのような挨拶をしたのは、この屋敷の料理人であるバルトロ。

俺が転生したスロウレット家は成り上がりの貴族のため繋《つな》がりもコネも少なく、人材が不足しがちである。

さらに平民であったノルド父さんには身内が少ない。

現在屋敷で働いているメイドさんは、ほとんどがコリアット村から雇っている人材だ。

メイド長のメルは、商人の娘であったエルナ母さんの繋がりから得た人材らしい。

料理人兼使用人でもあるバルトロはノルド父さんが冒険者時代に知り合った数少ない親友。将来の目標は自分の料理店を持つことらしい。

王都の料理人とは違って、独特な味付けのセンスが両親のお気に召したらしい。

俺もお高くとまった料理を食べるより、素材を活かした素朴な味の方が好きだしな。

「バルトロ、今日は厨房借りていい？」

「お？　今日はおやつを貰おうとしてたんじゃないのか？」

バルトロは厳《いか》つい顔をしかめ、怪訝《けげん》な表情をする。子供の前でそんな顔すると泣くぞ？

下手したらそこらへんのヤクザより怖いかもしれない。

「ちょっと作ってみたいものがあるんだ」

「坊主に料理なんかできんのか？」

「きっとできるよ」

日本では一人暮らしが長かったんだ。それなりにはできる。

「本当かよ～？」

バルトロは腕を組んで胡乱《うろん》げな視線を俺に送る。

その視線を俺は逸らさずに受け止める。

料理人にとって厨房とは仕事場であり聖域。子供の遊びで道具を触らせるわけにはいかない。

バルトロは俺を試しているのだ。

「まあ、真剣みたいだしいいがよ。怪我させるわけにはいかねぇから、ずっと付いてるぜ」

「ありがとう」

「で、何を何のために作ろうとしてんだ？」

照れくさかったのか、ぶっきらぼうな言い方で照れを隠している。

顔と図体に似合わず可愛い奴だ。

「スパゲッティを作ろうと思うんだ。知ってるかな？」

「スパゲッティ？　何だそりゃ？」

「卵と小麦粉、あと少しの油と塩があればできる細長いものだよ」

「小麦ってことは、それは主食になるのか？」

「そうだね。もしできたら料理のレパートリーが凄く広がると思うよ」

「すげーじゃねえか！　できるかどうかは知らんが、やってみろ！　材料を持ってきてやるから」

俺が思い付く限りの必要な材料、道具を言うとバルトロは次々と準備を整える。

俺は身長が低く調理台に届かないので椅子を持ってくる。

木製のボウルっぽいものに卵や強力粉を投入してヘラで混ぜていく。

ちなみに硬質小麦を挽《ひ》いた小麦粉が強力粉だ。強力粉はコシが強くてパスタやラーメンを作るのに向いている。

薄力粉は軟質小麦で、天ぷらやケーキを作るのに向いているけど、今は手元にないみたいだ。

「ほー、どんどん固まってきたな」

バルトロは興味深げに小麦粉が固まる様子を見ている。何かに応用できないかと考えているのか。その眼差しは真剣だ。

水を少しずつ加えていきながら、板の上で表面が滑らかになるまで生地をこねる。

「何か包むものがあるといいんだけど」

「包むものかー、ムオナの葉で包んだらどうだ？」

「葉っぱかー。それは匂いとか付かない？」

「ああ、ムオナの葉は包んでも食材に匂いや風味が移らないのが特徴だからな。皆使ってるぜ」

「じゃあそれで」

バルトロからムオナの葉を受け取る。意外に薄くて大きい。少し包みにくいけど、これなら十分休められそうだ。

やっぱり、ラップを作った人は天才だよ。

「包んで置いとくのか？」

「こうして十五分くらい休ませるとしっとりして、延びやすくなるんだよ」

「ほー。随分よく知ってるんだな。道具の扱いといい、まるで今までに何回も作ったことがあるようだなぁ」

「あはは。あ、そうだバルトロ！　休ませる間に細長い麺に絡めるソースを作っておくんだ！ソース作ってよ！」

苦しいところを突っ込まれたので、俺はバルトロを急《せ》かすようにして頼む。

「お、ソースか。一体どんなのがいいんだ？」

「大体何でも合うけど、やっぱりトマトソースかな？」

「トマトか！　それならうちの村の新鮮なものがある！　すぐに作るぜ」

本当は、たらこやクリームとかの方が好きなんだけど、今回はすぐ作れるトマトでいいや。コリアット村のトマトは美味しいんだよ。

この世界の食材って地球と同じものもあれば、ないものもあり、似てるのもあるけど、全然知らない食材もあって不思議だ。地球にある食材は地球と同じ名前で呼ばれているみたいだ。

何より米がコリアット村の近くにないのが残念すぎる。きっとどこかの大陸にはあるはずだ。

十五分くらい経ったので、ムオナの葉から生地を取り出す。

強力粉の塊を延ばす麺棒がないので、仕方なく両手の甲で押し引き延ばしてから、四角にしたら細長く切っていく。

今度、麺棒を作っておかないとな。綺麗に切れないや。

ふと気が付くと俺の傍では、俺が生地を切る姿をバルトロが真剣に見ていた。

どうやらソース作りは終わったようだ。

それにしても顔が怖い。びびって指を切ってしまいそうになったよ。

完成した麺は随分と不揃いだけど気にしない。

あとは、適量の塩を加えたお湯で茹《ゆ》でるだけ。

すぐに麺がフワリと浮いてくるので、それをすくって皿に盛り付け、ソースをかければ完成！

「本当にできちまったな。見た目はいじればもっと綺麗になりそうだが、問題は味だな」

そっけなく評価してるけど、早く食べてみたいってすごく顔に出てるよ。

すでに自分の皿とフォークも全部準備してるし。

「じゃあ食べよう！　頂きます！」

俺が少しソースをかき混ぜて絡め、フォークでくるくると麺を巻き上げると、それを見たバルトロも同じように器用にくるくる麺を巻き付ける。

さて、お味は。

うん、うん、十分美味しいんじゃないかな。特にバルトロの作ったトマトソースが凄く麺に合っている。

トマトの酸味を見事に活かしたソースだよ。

麺はもう少しコシが欲しいかな？　茹で方がおかしかったのかな？　わからないや。ここからの工夫はバルトロに任せれば良くなるはず。

バルトロの様子が気になったので、ちらりと視線を向けてみる。

「……美味《うま》いじゃねぇか！　何だこれ！」

次々と勢いよくバルトロの口に吸い込まれていくスパゲッティ。

バルトロの体格だと五人前とか平気で食べちゃいそうだよ。

「……美味かった」

空になったお皿の上にゆっくりとフォークを置き、嚙《か》み締めるように言葉を出すバルトロ。

「うん」

その心からの感想に、俺は短いながらも言葉を返す。

「坊主。いやアルフリート様、俺に四日、いや、三日くれ。これを超えるスパゲッティを作ってみせるからよ！」

「アルフリート様とか気持ち悪いよ、今まで通り坊主でいいよ。これからもちょくちょく厨房に来るからよろしくね」

「わかった！　いつでも来い！」

ニカッと笑みを浮かべるバルトロ。

頼りになるぜ。

◆

それから三日後、バルトロは新作を俺に一番に食べさせてくれた。

味は言うまでもなく、俺のスパゲッティが、パチモノに思えるくらいだった。

その日は、さっそく家族の夕食にスパゲッティが登場し、我が家を騒がせてスパゲッティブームが巻き起こった。

特に女性陣には大変好評なようで。ここ一週間は毎日食べてる様子。

……俺はもう飽きちゃったよ。

憐れ、バルトロ

I want to enjoy slow Living

「せいっ！　はあっ！」

「やあっ！　はっ！」

中庭ではエリノラ姉さんとシルヴィオ兄さんが剣の素振りをしている。

エリノラ姉さんの気合いの籠《こも》った声と空気を切り裂く木刀の素振りの音は、聞くだけでも気持ちが良い。

元気にゆらゆらと揺れるポニーテールが、見ていて楽しい。

エリノラ姉さんは、騎士を目指してノルド父さんとの稽古や、村の自警団の訓練にも交じったりしている。剣の才能はピカイチだそうで、自警団の隊長さんと打ち合えるようになったらしい。

隣ではシルヴィオ兄さんの素振りをノルド父さんが度々《たびたび》厳しく矯正して、兄さんは素振りを繰り返している。

普段は本を読んだり、勉強しているシルヴィオ兄さんの姿をよく見る。

剣があんまり好きじゃない様子だけど、自分の身を守る大事な術だと認識して、手を抜くこともなく精力的に取り組んでいる。

しかし、男とはいえまだ六歳。体ができ上がってはいないから無理は禁物だ。

ノルド父さんが近寄るとシルヴィオ兄さんは木刀を下ろし、何かアドバイスのようなものを聞いてコクコクと頷いている。

ちょうどシルヴィオ兄さんの今日の稽古は終わりのようだ。

俺も六歳になったら素振りをさせられるのだろうか。

一方、俺はといえば最近は魔力量を増やしつつ、一人で空間魔法を練習している。

それなりの距離での転移もできるようになり、屋敷を脱走してお気に入りの場所を見付けては、頭の中にイメージを焼き付けて、いつでも転移できるようにもしておいた。

既に追っ手であるサーラなど敵ではないのだよ。

その代わり、なぜだかエリノラ姉さんの俺への追跡能力がぐんぐんと上がっており、俺の平穏を脅かしている。俺のお気に入りの場所も六ヶ所中、すでに四ヶ所ほど見つけられてしまって、後がない。

転移魔法を使っているから完璧に足取りがないはずなのに、「こっちにいる気がする」とか言ってフラフラとやってくる。

長距離の転移に成功して距離を延ばした俺だが、エリノラ姉さんも馬に乗ることで捜索範囲を拡大している。

もはやイタチごっこだ。

あれかな？　エリノラ姉さんは逃げる俺を追いかけたくなるクマか何かなのかな？

「何してるのアル？」

ボーッと庭を眺めながら座っている俺の隣に、エルナ母さんが座る。

「エリノラ姉さんとシルヴィオ兄さんの稽古を見てただけだよ？」

「あら、アルも稽古をしたいのかしら？」

「いや、そんなことないよ。今はゆっくりと平和に暮らすのが一番だよ」

「アルったら本当にのんびりするのが好きなのね～」

少し年寄りくさいセリフだったかもしれない。

エルナ母さんのいつものにこやかな笑顔が、少し苦笑ぎみな気がする。

まあ両親はおおらかな性格だから大丈夫だろう。

「アルは赤ちゃんの頃から、魔法の本を気に入ってたけど、魔法に興味はないの？」

「魔法は好きだよ、たまに本を読んで練習してるし」

身の回りの生活を豊かにするために、毎日必死にやってるけど。

「ならお母さんが今度教えてあげるわね。少しは魔法が使えるのよ？」

任せてとばかりに胸を張るエルナ母さん。

「わかった」

エルナ母さんがどれくらい魔法ができるのかはわからないけど、きっと何らかの得るものがあるはずなので教えてもらうことにした。

「アルー！　遊びに行こう！」

午前中の稽古は終わりなのか、汗だくのエリノラ姉さんが駆け寄ってくる。

相変わらずのエリノラ姉さんを見て、ノルド父さんとエルナ母さんがにこやかに笑っている。

「汗を流して水分をしっかりとってからにしなさい」

「川に行くから大丈夫よ！」

「駄目よ。うちで流していきなさい」

「えー？」

「女の子なんだから駄目よ」

「はーい。じゃあアル、お昼食べたら行こう！　待っててね！」

俺の返事を確かめずに屋敷の方へと走って行くエリノラ姉さん。

……行くとは言ってないのに。

「エリノラは本当にアルのことが大好きだね」

いつのまにか近くに来ていたノルド父さん。

凄い、全く足音がしなかった。アサシンかよ。

「本当ね。少し妬《や》けちゃうわ～」

全然嫉妬してる風には見えない、にこやかな表情のエルナ母さん。

だが俺は知っている。いつも優しい笑顔で俺達を包み込んでくれるエルナ母さんとノルド父さんだが、二人とも怒らせると凄く怖い。

エルナ母さんは笑顔のまま静かに怒り、いつもと変わらない声で悪い点を追及してくる。いつも通りの笑顔なのに、抱くものは恐怖でしかない。

そしてノルド父さんは、目を細めて何も言わない。いつもは優しく頭を撫でてくれる様子とは違い、突き放すようなその態度は普段とのギャップもあり、なかなかに怖いものだ。

こんな二人に同時に怒られたらそれはもう凄い。近くで見ていたけど精神年齢約三十歳の俺でも少しびびっちゃうね。

ちなみに怒られたのはエリノラ姉さん。

「アル、お昼にしましょ」

「はい母上」

「あら？」

俺は本気で怒らせることのないようにしよう。

◆

エリノラ姉さんに昼食の後、川へと連れてこられた。

いつも思うがコリアット村にある川はとても綺麗だ。手で水をすくってみれば市販されているミネラルウォーターかよ！　ってくらい透き通っている。味は勿論言うまでもなく美味しい。思わず、コリアットの水は世界イチイイイイイイ!!　って叫びそうになる。

上流の方の水は特に美味しいので村人もよく飲み水として汲《く》みに行くくらいだ。

そして現在俺達がいるのは上流と中流の間くらいの場所。

「で？　何するの？」

そう言いながら俺は川に石を投げる。

さすが三歳児の肩。全然飛ばないや。

「んー、何しようー」

浮き輪もない三歳児に川を泳がせるのはやめてほしい。それ以外なら大丈夫そうかな。

今度は魔力を腕に集めて石を投げ、水切りをする。

パシャ！　パシャ！　パシャ！　パシャシャシャシャ！

最後の方は細かくてわからなかったけど、七、八段は跳ねたかな？

ちなみに、水切りの世界記録を出した人は五十一段らしい。

一体どんな人が投げたのやら。

「あー！　アル何それ！　面白ーい！」

「水切りのこと？」

「うん！　今の石が跳ねたやつ！」

俺はもう一度水切りをしてみせる。

それを見てエリノラ姉さんが目を輝かせて、俺の投げ方を真似して投げる。

ジョボン！　ジャボン！

「どうして跳ねないのー！」

楽しそうに近くの石ころを掴んでは投げていく。

「そんなに丸くて重そうな石より、もっと薄べったい石ころの方がいいよ?」

エリノラ姉さんは、俺のアドバイス通り薄べったい平形の石を拾い投げる。

バシャッ!　バシャッ!　バシャッ!　バシャッ!　バシャッ!　バシャッ!　バシャシャシャシャ。

もうできたし、俺よりうまいし。さすがエリノラ姉さん、体を動かすことは得意のようだ。一度できたことで楽しさがわかったのか、エリノラ姉さんは夢中になって水切りをし始めた。

その間ずっとエリノラ姉さんを眺めているのも暇だったので、俺は魚でもいないかなと川べりを歩き回った。

十分くらいすると飽きたのかエリノラ姉さんが俺の方へとやって来た。

「もー、飽きたの?　釣りでもする?」

「一緒に泳ごう!」とか言わせないために俺は先制攻撃を仕掛ける。

「えー?　釣りってじっとしててつまんないんだもん」

釣りの良さをわからないとは子供だねぇ。

あ、俺も今は子供だったな。

「久しぶりに魚でも食べようよ」

「うん!　じゃあ、道具借りてくる!」

速い。飯に繋がると納得して速攻で屋敷に戻っていったよ。

釣れたらその場で焼いて食べるだろうし、厨房から塩でも少し貰おうかな。

塩は貴重だから、バルトロもうるさいんだよ。

見つかったら、今度お好み焼きの作り方でも教えるからと言って、分けてもらえばいいや。

そう思い、俺は屋敷の厨房へと……。

いや、厨房には他の人もいるかもしれないので、食材保管庫へと転移する。

少し薄暗い食材保管庫へと転移した俺は隣にある厨房へと向かう。

すると何やら厨房の隅っこで大男が怪しい動きをしている。

「へへー、やっと届いたぜ」

何だバルトロか。変質者かと思ったよ。

バルトロは俺に気付いた様子もなく、何やら小さな壺《つぼ》に頬を擦り付けて上機嫌の様子。

その嬉しそうな笑顔が、獲物を見つけた獰猛《どうもう》な肉食獣にしか見えない気がするのは、俺だけだろうか。

「どうしたの？」

「いやー、この間から頼んでた砂糖がやっと来たんだよ。昔の伝手《つて》を使って少し分けてもらったんだぜー」

何げなく尋ねると機嫌がいいのか、獰猛な笑みを浮かべてペラペラと喋《しゃべ》るバルトロ。

「へー、じゃあ皆で分けないとね～」

「んあー、駄目だ駄目だ。これは俺が楽しみにしてたものなんだ。ノルドには悪いけど料理の研究に使わせてもらうんだよ～」

「へー、そっかー、ならバレたら皆に食べられちゃうね」

「そうだ！　だからこれは秘密なんだぜ！………あ……」

俺の言葉によって現実に引き戻され、はっとした表情をするバルトロ。

「「………」」

「ノルド父さーん！　エルナ母さーん！　サーラ～！」

「おっととと！　坊主ったら、いや、アルフリート様はいけないお人だよ」

転移魔法を使ったような速さで、しゃがみながらも俺の肩に手を回してくるバルトロ。

恐ろしい速さと滑らかな腕の動きだ。

まるで何十年も連れ添った大親友に対して肩を組むようである。

身長差を苦ともしないその技術と動きの正確さ、今までに見たことがないバルトロの機敏な動きに俺は警戒する。

「どうしたのかな？　バルトロ？」

あくまで純粋に子供らしく俺はバルトロに問いかける。

「冗談がキツいですぜ？」

「わかってるくせに～」とでも言うように俺の肩をポンポンと優しく叩く。

あくまでも下手に出ているが、これは脅しだ。いざとなればその太い丸太のような腕を使って俺の首をへし折る気かもしれない。

バルトロ、油断ならない。

「バルトロ、腕が重いからどけてよ（早く俺の首をへし折らんとするその腕をどけろ！）」

「そんなこと言うなよ～。俺と坊主の仲じゃねぇか～（んなことさせっかよ！　くそ坊主！　こんな時だけ子供ぶりやがって。この腕を退けたら交渉さえできなくなるじゃねぇか！）」

「あは！　あはははは」

「ハハ！　ハッハッハッハー」

「何をお二人で笑っているんですか？」

と厨房に入ってきたのは、サーラ。

よりによって、メイドの中で一番融通が利かないサーラ。

これがミーナとかだったら、誤魔化すなり餌付けして追い出すなりできたであろうが、サーラはそうはいかない。

サーラは勘が鋭い上に大の甘いもの好きなのだ、この砂糖の存在を嗅ぎ付けることは十分にあり得る。

俺はチラリとバルトロに目線を送る。

メイド達に砂糖を奪われることを想像したのかバルトロの顔が青くなっている。

「バルトロさん、顔色が悪いですよ？」

「いや、大丈夫だぜ。ハハハ」

「そうですか？　まあいいですけど、今日は食材の確認に来ましたよ」

「え、ええ⁉　何でだよ⁉　別に俺一人でできるぜ？」

「バルトロさんが、スパゲッティを作るために小麦などの食材を追加で多めに仕入れたのでしょう？　お一人では確認し切れないのでは？」

「……あ」

バルトロ……自分で墓穴を掘るとは憐れ。

仕方がないなバルトロ。ここはひとつ恩を売ってやろうじゃないか。

「ねえ！　サーラ。釣り竿探《ざお》しに来たんだけど何処かな？」

俺のフォローによりバルトロの顔がみるみる生気を取り戻していく。

「釣り竿なら、先ほどエリノラ様が尋ねてきたのでミーナを物置に向かわせていますよ？」

ちぃっ！　これだから優秀で人使いの荒い女は！

一方バルトロは一瞬の希望が見えただけに絶望が大きい。

すでにこの世の終わりのように崩れ落ちている。

……そうだ！

俺は何げなく、近くの椅子へと近付く。

そして椅子の上に置いてある、木製のボウルに手を触れて転移を発動。

カラン！　カラン！　カラカラカラ！

すると、何か廊下から物が落ちたような音が聞こえてきた。

サーラが音のする方向へと顔を向ける。

「……何の音でしょうか？　少し見てきます」

首を傾《かし》げた後、クルリと踵《きびす》を返し厨房から出ていくサーラ。

「バルトロ早く隠して」

「お、おお、おう！」

俺の言葉に反応して、バルトロが速やかに砂糖の入った壺を床の隠し扉を開けて中に押し込む。

そんな所、開いたんかよ……。

「俺にも少し分けてくれよ？　あと、塩を少し貰うよ」

「お、おう」

返事を聞くと、俺は小さな壺に塩を少し入れて厨房を出た。

後日、バルトロと二人でジャム付きホットケーキパーティを開催したら、屋敷中に甘い香りが漂い、すぐにバレた。

どうなったかは、バルトロが泣いたとしか言えない。

あと、俺もなんか怒られた。それは主にメイド達とエルナ母さんに。

甘いものが絡むと女って怖い。

例の白い粉

I want to enjoy slow Living

「本日もいい天気なり」

俺ことアルフリートは現在敷地内のお庭で、お昼寝中。

ここの下草が芝生みたいでふさふさして気持ちいいんだ。夏なんだけど、気温がそれほど高く感じないのは、風通しが凄くいいからだ。

日本が異常だったんだよ。俺の住んでた都市内ではヒートアイランド現象のせいで気温がぐんぐん上がるし。

あれって建物の増加と、緑地や水面の減少のせいらしいね。

その点、コリアット村ではそんなものとは無縁だよ。遮る建物もなく、どこまでも吹き抜ける気持ちのいい風に、綺麗な空気。

田舎最高。

俺が大人になったらどんな仕事をやらされるのかはわからないけれど、働きたくないでござる。

そういえば、この間エリノラ姉さんと、川で釣りをした時に気付いたんだけど。新鮮な魚を転移魔法で内陸部に持っていって売れば、儲かるんじゃないかな？

確か王都と海は、お互い遠すぎるってこともない距離だったけど、新鮮なまま輸送するのは難しいはず。

冷蔵庫のような魔導具もあるにはある。しかし、値段が高くて数も少ない。この世界では、日本のように魚を獲ってからすぐに冷凍できるはずもなく、大型の冷蔵施設やトラックがあるわけでもない。

何らかの方法で輸送はできていたとしても、ごく少量で鮮度もいまいちだろう。

その点、俺なら。船で獲る。俺が現地ですぐに買う。

転移魔法輸送でどこへでもお届け。何かあれば氷魔法で冷却。手間は少なく、儲けは多い。

……最強じゃないか。

これだけで俺の豊かなスローライフ環境は守られたも同然なんじゃないかな？　思わず顔がにやけてしまう。

「な〜に、寝ながら気色の悪い笑みを浮かべてるんだよ」

上から俺を覗くのはバルトロ。逆光になっているせいで、影が顔や体の凹凸を強調していて迫力がある。普通の子供なら泣いてるよ？

「バルトロ……生きてたんだ」

「それ以上は何も聞くな」

バルトロは悲壮感を漂わせて座り込む。巨体が縮こまるその姿はどこかシュールである。

どうやら、前回のジャム事件で女性陣に責められたのがトラウマになっているらしい。

それでも、確かめなければいけないことがあるために俺は口を開く。

「砂糖はまだ残って――」

「うおっ！　馬鹿！」

続きの言葉を出す暇もなく、真剣な表情をしたバルトロに口を塞がれ、茂みへと連れ込まれる。

これ、どう見ても子供を無理矢理誘拐するシーンか強姦シーンなんだけど。

しかし、バルトロ自身の様子は飢えたオオカミから身を隠す子羊のようである。生存本能全開。

いつもは頼りになるオヤジがこの有り様である。

するとすぐに、屋敷の玄関のドアが勢いよく開いたような音がする。

「砂糖！」

多分この声はエルナ母さん。

「あらー？　確かに砂糖と聞こえたのだけれど～」

あれ？　エルナ母さん『このドアは重いから勢いよく開けるのは男の人くらいしか無理よ？　ウフフ』とか言ってませんでしたっけ？

「はい奥様。このミーナの耳にも確かに届きました」

後ろには、わが屋敷のそそっかしい駄メイドことミーナが控える。

サラッとした茶色の髪は肩口で切り揃えられており、クリッとした大きな黄色い瞳をしている。

可愛らしい小ぶりな顔立ちで愛嬌があるうちの屋敷のメイドだ。

ドジを踏んだり、お馬鹿なことをしでかしてはメルさんに怒られるのを繰り返す、可愛いけれど色々と残念な人だ。

しかし、今日は何か違う。

あれ？　お前そんな綺麗な立ち姿できたっけ？　何かいつもよりしっかりしてるというか凛としてるというか……。

「う～ん、おかしいわね～。気のせいかしら。庭には誰もいないわね」

小首を傾げながらエルナ母さんは屋敷へと戻っていく。

そして凛としたミーナが扉を閉めて、それに続いた。

それからしばらくしてから俺とバルトロはホッと息を吐いた。

「……どうなってんの？」

「女達の気が立っている時に、迂闊《うかつ》にあの言葉を言っちゃ駄目だ。絞られるぞ？」

へ？　何を？　何を絞られるの⁉

でも俺は聞かない。好奇心は猫をも殺すんだよ。

賢い者は物事を察するのだ。それがうまく生きるコツなのだから。

「で、例のものは無事なのか？」

ちょっと小声なのは、断じて俺がエルナ母さんや、ミーナに怯《おび》えてとかではない。そう、バルトロの命を守るためなのだ。

「少しだけどな。まだあるんだ」

ニヒルな笑みを浮かべながらバルトロは歯をキラーンと輝かせる。

どうやらバルトロの希望はまだ残っているようだ。確かに守るものがない状態で身を隠すのはおかしい。やましい……つまり、まだ守るものがあるから隠れるんだ。

エロ本見つかったけど、本命のＤＶＤはバレてない！　みたいな感じだな。

「ならよかったよ。まだまだ試したい料理もあるしね」

「おうよ。坊主が言っていたクリームソースも完成間近だぜ！」

「それは早く頼むよ。最近トマトスパゲッティばっかりで飽きてきたよ」

「それは違げぇねぇや」

ガハハと笑って厨房に戻っていくバルトロ。元気になって何よりだ。

◆

ある日屋敷で本を読んでいると、エルナ母さんが、「魔法を見てあげるわ！」と笑顔で言ってきた。

一瞬、何をいきなりって思ったのだけれども、思い返してみればエリノラ姉さんと川に行った日の朝に、魔法を教えてもらう約束をしたような気がする。

本当はゆっくりと本を読みながらダラダラしたい気分だったけど、今日はまだ魔力増量の訓練もしていないので魔力も余っており、ちょうどいいと思った。

エルナ母さんについて行き、屋敷の敷地の裏側にある道に着いた。

下は地面で草も少ない。横には屋敷を覆うように壁が続くだけで、遠くには俺のお気に入りの草原が見える。

つまり障害物がなく人けも少ないただの道なので、火魔法とかを使っても燃える心配がない。

「アルは何か使える魔法はある？　エリノラから水魔法や土魔法を使ってるのをよく見るって聞いたけど？」

「うん、使えるよ」

空間を含めたら八つくらいの属性魔法は使えるんだけど。

「じゃあ何でもいいから見せて」

「はーい」

俺はいつものように土魔法で土を盛り上げ、固めて椅子を作る。俺が最も座りやすいように試行錯誤を重ねた、世界でひとつだけの俺の椅子だ。

詠唱？　そんなもの心の中でも唱えられるし、使い込むにつれてどんどん短くなっていったよ。効果が高まるように改良を重ねたせいで、もはや本来の詠唱文とは全然違うことを唱えたりもするけど。

「……アル、詠唱はどうしたの？」

エルナ母さんは目を大きく見開き、数秒絶句したあとに絞り出すような声を出す。

「心の中で唱えるだけでできるから、しないよ？」

それも凄く短く省略してるけど。

エルナ母さん結構驚いてるな。これってそんなに凄いことだったのだろうか？

「……そ、そうなの。わかったわ。他にも何かできる魔法はある？」

「うん、あるよ」

土魔法でコップを作り、そこにジャラジャラと氷魔法で氷を入れ込む。

気温が暑いので涼もうと、氷を飴《あめ》のように舐める。せっかくなのでエルナ母さんにも氷を渡す。

ふと周りを見ると、一部分だけ雑草が長く伸びていて気持ち悪かったので、風魔法のウインドカッターを飛ばし雑草を刈り取る。

ウインドカッターは邪魔な枝を切り落としたり、木の実を落としたりするのによく使う。やりすぎると木の実まで傷付けてしまうので、いつも威力には注意して使っている。

「最近使うのはこんな感じかな」

「よ、四属性も使えるのね〜。しかも氷魔法まで」

エルナ母さんを見ると、ぎこちない表情をしている。

嬉しさ半分、戸惑い半分といった様子だった。

うん、火とか雷とか転移とか見せなくてよかった。

「うん……思ったよりアルは優秀だったからお母さんが教えられることは少ないかな？　訓練メニューを考え直す必要があるから、今日はここまでにしましょう？」

「うん。わかった」

どうやら、エルナ母さんの思っていた以上に俺は優秀だったらしい。少し動揺したようだけど、ポジディブでいつもと変わらない様子でよかったよ。

「アルは凄いね〜、こんなにも魔法が使えるなんて。攻撃の魔法は使わないの？」

攻撃？　攻撃魔法なんて誰に使うの？　俺、基本コリアット村から出ないのに。まあ一応、身を守るために使えるよう練習はしてるんだけどね。

「魔法は身の回りを豊かにするのに使うだけで十分だよ」

「アルらしい魔法の使い方ね」

フフっと笑うとエルナ母さんは俺と手を繋いでゆっくりと歩き出す。

今日も平和だ。

四歳になりました

I want to enjoy slow Living

暑い夏、寒い冬を乗り越えて春になりました。

ちなみに俺の誕生日は四月七日。

そう、つまり四歳だ！　年齢が低いと子供らしさの演技に気を使うだけに、年をとると、自由度が増してくるからいいよね。大人の場合は年をとるにつれて、憂鬱な気分になるのかもしれないけど。

ちなみにエルナ母さんはついに三十歳になった。正直あの見た目じゃ、十八歳って言われても信じてしまうくらい綺麗なんだけど。

ノルド父さんは三十二歳。こちらも全く変わっていません。俺に対する態度もいつも通り。何か変わったことといえば『魔法学校に通いたいか？』とか言ってきたくらい。

勿論断った。なぜにそんな所へ行く必要があるのか。そんなもの馬にでも食わせておけい！　俺はまだまだ子供ライフを満喫するんだ。

エリノラ姉さんは十歳。最近身長も伸びてきた気がする。あと、剣一筋になりすぎて頭が固くなり、頑固になってきたかも。勉強でもしたらどうかな？

シルヴィオ兄さんは七歳。相変わらず本を読み、時々剣術を習う生活を続けている。シルヴィオ兄さんは将来、頭を使う仕事をしたいらしい。内政官とか参謀とか、ノルド父さんの跡を継ぐとかかな？

兄さんの最近のブームは山菜採りだそうで、夕食によく山菜が上がってくる。一度も食べられないものは持ってきていないのが凄い。

俺の変化はというと、身体的には、背が伸びたり、よろけずに走れるようになった。あとは相変わらず魔力量がぐんぐん増え続けていて嬉しい限りだ。

転移だと、多分今はキロ単位での転移もできるはず。そんな遠い所まで行ったことはないのだけれども。転移したい場所をイメージする必要があるせいで、行ったことのない場所へは転移できないからね。

なので、以前考えた新鮮魚介類の輸送で大儲け作戦を実現するには、最低一回はめんどくさい遠い王都に行かなければならない。あと、魚輸送のために海にも。

さて、話は変わるが今日は何とノルド父さんが村に連れていってくれる。

川とか草原とかに行って遊んだりはしているけど、屋敷は村から少し離れた場所にあるので村の方へは行ったことがなかった。

気になりはしていたけど、貴族には、子供が四歳になったら領主である父と一緒に領民の村を見回るっていう風習がある。だから行かなかった。

ここら辺の領主だけが行う軽いしきたりみたいなものらしいけどね。

なので今日はノルド父さんと二人で村の見回りだ。

「いってらっしゃーい」

「じゃあ行こっか」

エルナ母さんに見送られて屋敷を出て、村へと通じる一本道を進む。この道は整備されているので歩きやすいし、広い。馬車一台は通れるほどの道幅は確保してるみたいだ。

ノルド父さんと二人で外出って初めてかもしれない。

一本道の周囲は山、山、畑、畑。大変すばらしい田舎道だ。たくさんの緑がまるでカーペットのようだ。

歩くとほのかに青々しい草木の匂いや、土のような匂いがする。そして、呼吸をする度に綺麗な空気が俺の鼻にスッと入り込んでくる。

美味しい空気だ。これだけでご飯三杯はいけそうだ。米はここにはないけど。

米といえば、もしかしたら東の大陸にあるかもしれない。『ダンフリーの冒険記』の中に東の大陸にお米があったみたいなことが書かれていた。

もっともダンフリーは米の詳細についてはよくわからなかったらしいけど。

ダンフリー、君は愚かだよ。凄く愚かだ。なぜなら、君は最大の冒険を放棄してしまったんだよ。お米という冒険を！

「アル、もうすぐ村が見えるよ」

おっと危ない、少しトリップしていた。

一番最初に目に入ったのは一面に広がる麦畑。

そして目線を遠くに向けると、中世のヨーロッパ風の民家のような造りの家がちらほら並んでいる。一ヶ所だけに固まっているのではなく、あちこちに民家が並んでいる感じだ。

一体どういう家の建て方しているんだ？

そんなに人口が多くないからバラバラに建てているのだろうか。

「ノルド父さん、ここでは何を育てているの？」

「麦、大麦、ライ麦、豆、野菜などを育てているよ。あとはニワトリやヒツジ、ウシなんかも少しいるよ」

「へー」

「あ！　領主様だ！」

「おー、本当だ」

ノルド父さんから、この村について説明を聞いていると、農作業をしている男性二人が気さくに声をかけてくる。

「領主様が教えてくれたスパゲッティとやらのお陰で、皆活気付いてますすよ」

「本当だ。女房も美味い美味いってバクバク食べてましたよ」

ガハハッと男二人は声を揃えて笑う。とても明るい表情をしていて、農民が飢えてるとか、そういうことがうちの村ではなさそうなので安心した。

「それはよかった。実はスパゲッティを考えたのはうちの息子、アルフリートなんだよ」

ノルド父さんが俺をツイっと男二人の前に持ってくる。

「この子がですか？」

「そうだよ」

そう言い放つノルド父さんの表情は少し誇らしげだ。

「アルフリート様だっけか？　何歳だ？」

「四歳だよ」

「すごく落ち着いてますね」

「うちのガキとはえらい違いだ。しっかりしてるな」

口の悪いおっさんがウリウリと俺の頬をつついてくる。

こら、一応領主の息子だぞ。失礼だろう。

「アハハ、僕もそう思うよ。多分凄く変わった子だよ」

ノルド父さん、今まで俺をそんな風に認識していたの。俺はいたって普通の子供だよ？

「じゃあ、そろそろ次に行くね」

「はい、また来てください」

「アルフリート様も男なら領主様みたいに強くなれよ？」

最後におっさんが俺の頭に手を置いて言ってくる。何だこのおっさん、馴《な》れ馴れしいぞ。これが田舎のノリなのか。なら俺も応えてやらないとな。

「おっさんも女房の尻に敷かれながらも頑張れよ」

俺が返事を返してやると、おっさんは大きく目を見開いて口を魚のようにパクパクと開けた。

「うう、アイツ何で俺が女房の尻に敷かれてるって知ってんだよ。どうせ俺はナタリーに勝てないんだ」

「おいおい、そう落ち込むなよ」

「うるせえ！　新婚のお前には俺の気持ちがわからねぇよ」

「アハハ、でもアルフリート様って本当に四歳？」

歩き出した俺達の後ろからは、おっさんの悲しげな声と、それをなだめる男の声が聞こえていた。

やっぱりああいうタイプのおっさんは女房の尻に敷かれるのが定番だよね。

◆

ノルド父さんについていき、そのまま村の中心部へ。

今はお昼前。広場では村人達がそれぞれ自分の家で収穫した野菜や麦、森で収穫した木の実やキノコを持ち寄ったりして物々交換をしている。

ふむふむ、梨に栗にキノコに……え？　それ、何の実？　食べられるの？　あのキノコなんてすごい色鮮やかだけど大丈夫なのか？

狩人らしい弓を持った人は、ウサギやらシカやらを背負って歩いている。

なるほど、あーいう感じで肉を切り分けて交換すると。

「へー、広場に集まって物々交換をするくらいには経済的に余裕があるんだね」

「そうだね。たとえ余裕がなくても交換はしなくちゃ生きていけないけれども、ここまで規模が大きいということは村人達の生活が豊かだということだね」

「へー。じゃあノルド父さんが凄いってことじゃん」

「そんなことはないよ。元々コリアット村は自然が豊かだからね。あと、田舎の端で小さい村だから王都に納める税も少ないし」

「なるほどー」

「これはこれは、ノルド様、それとアルフリート様ですかな？」

広場を歩いていると、中年くらいのおじさんがやってきた。少し上等そうな服を着ているから村長さんかな？

「はい」

「アルフリート様が大きく育ってくれて何よりです。いかがですかな、村の様子は？」

「皆元気そうでいいね」

俺がそう答えると村長は嬉しそうに笑顔になる。

「その通りです。ノルド様はいかがですか？」

「今年は去年よりも豊かになっているね。村人達の顔を見ればわかるよ」

「そうなのです。昨年は豊作でしたので。餓死者もなく、余裕をもって冬を乗り越えられたのです。色々報告もありますし、よかったら我が家に来ませんか？」

「そうだね。最近の村の様子を聞いておこうかな」

「ノルド父さん、その間、ここら辺をうろついててもいい？」

「いいけど、あんまり遠くに行っては駄目だよ？」

「はーい」

広場にて

I want to enjoy slow Living

ノルド父さんと一旦別れて、俺は広場で売っているものを見に行った。

ファンタジーなこの世界で、美味しいものや使えるものを探すんだ。米があれば大変すばらしいんだけどね。さっき見かけた色鮮やかなキノコは食べても大丈夫なのだろうか？

あとは、食堂に行ってご飯も食べてみたい。この世界の一般人はどんな料理を食べているんだろう。卵を食べるみたいだけど、オムライス——は米がないからできないや。卵焼きとかはあるんじゃないだろうか？　なかったら専用のフライパンを誰かに作らせないと。

思いっきり和食とかあったら、マジでバルトロ締め上げる。

まずは近くで野菜を並べているお兄さんのところへ向かった。

「お、僕、交換かな？　それとも買うかい？」

今日の全財産は、エルナ母さんに貰った銀貨二枚とバルトロから貰った銅貨十枚である。地方の村では十分すぎる小遣いだ。

「んー、買うよ」

麻のようなザラザラした布の上に並べられているのは野菜。

えんどう豆に、ほうれん草に、ニンジン、ジャガイモ、ドライフルーツか。ふむふむ、いいね。

「お兄さん、これ全部でいくら？」

「お？　うちはドライフルーツがこの小箱一杯で銅貨二枚、えんどう豆は籠《かご》で賎貨五枚、ほうれん草が一つで賎貨二枚、ニンジンが二つで賎貨五枚、ジャガイモが五つで銅貨一枚で、えーと全部で――」

「銅貨四枚と賎貨二枚だね？」

「お？　おう、多分それくらいだよ。僕、算術が得意なのかい？」

「んー、まあそれなりにはできるかな？」

「その年で算術ができるなら、将来は有望そうだね」

微笑みながら、野菜のお兄さんは布に野菜を包んでいく。

「自分で包むものを持ってこないとお金をとられちゃうから、次からは何か入れるものを持っておいでよ。今回はサービスだよ」

「わかった！　ありがとう」

お兄さんの野菜と交換で、ポケットから取り出した銅貨四枚、賎貨二枚を渡す。

ちなみにこの世界の貨幣価値はこんな感じである。

黒金貨一千万円、金貨百万円、大金貨十万円、金貨一万円、銀貨千円、銅貨百円、賎貨十円。

計算は十進法のようだ。昔の日本みたいに二円とか二十円とか二千円とか、中途半端な値段の貨幣がなくてよかったよ。増えるとややこしいし。

そして広場から少し離れたところで、俺は買ったものを空間魔法で収納する。

これは空間魔法の応用で、転移以外にもできることはないのかと考えて試行錯誤して生まれたものだ。他にも小さい範囲ではあるけれど空間を歪《ゆが》ませて物を潰したり、切断したり、少しなら重力をかけることもできる。

今回の収納魔法は、亜空間の中へ自由に物の出し入れができる能力。

時間という概念が存在しない空間らしく、亜空間では、食べ物を入れておいても腐ったりしない。これでいつでもどこでも食材を出せるようになった。

商人は喉から手が出るほど欲しい魔法だろうなぁ。

亜空間に入れる時は、空間へ繋がるゲートを開くようなイメージで開いて入れるだけなので簡単なのだが、思い通りに取り出すのが難しい。入れたものをしっかりイメージしないと取り出すことができないので、何を入れたかちゃんと覚えておかないといけない。同じものが複数ある場合は、ひとつさえイメージすれば全体の残量を把握できるのが救いだった。

その後も、色々な食べ物や、遊びに使えそうな木材や素材をたくさん買い込んだ。

全部ちゃんと覚えてるかな？　未来の猫型ロボットみたいに物を取り出すのに慌てることがないようにしっかりメモして覚えておかないと。

しばらくすると、ノルド父さんが広場に戻ってきた。

村長との会議は終わったそうだ。

「何をしてたんだい？」

「何が売っているかあちこち見て回ってた。虹色のキノコとか凄く怪しかった」

「アハハ、あれは大人になればわかるよ」

あ、なるほどそっち系の物でしたか。売っていたお姉さんに聞いても「何だろうね？」とか子供扱いしてはぐらかされたんだよな。

「ノルド父さん、少しご飯食べていこう」

「んー、そうだね。せっかくだし村の料理でも食べていこうか」

ちなみにこの世界、肉体労働がキツい農民なんかはよく間食をしたりして、一日四食ぐらい食べることもあるそうだ。

一回の食事のカロリーが低いせいもあるようだけど、貧しい地域では肉体労働をしていると、よく倒れてしまう人もいるらしい。

幸いコリアット村ではきちんと三食食べられるようで、そんな事態にはなっていない。

朝、昼、夜と三食食べられるだけで、十分に恵まれている環境だといえる。

スプーンとフォーク、ビールのような絵が描かれている看板を掲げている食堂へと入る。

絵は文字が読めなくても、誰にでも情報が伝わるから凄いよね。

「いらっしゃーい！　あ、領主様！」

店に入ると、声をかけてくれたのはエプロンを着けた恰幅《かっぷく》のいいオバチャン。

「やあ、セリアさん。調子はどうだい？」

「やあねえ、領主様んとこのスパゲッティのお陰で客も増えて大助かりさ。だけど最近塩も減ってきてねー」

あー、少しだけど茹でるのに塩使うしねー。幸いうちの近くの仲のいい村で塩がよく採れるから安く手に入るけど、もともと塩は高価だからねー。

「んー、それを考えたのはアルだからねー。この子この子」

「この子がアルフリート様かい？」

「そうだよ」

「凄いねー。何か他に新しい料理はないのかい？」

「うーん、あるにはあるけど道具がなかったり、材料がなかったりしてねー」

「道具がないなら、あたいが鍛冶師のローガンに作らせてあげるよ？」

「本当⁉」

「任せなよ。あの偏屈オヤジにあたいが言っておくからさ。その代わり、あたいに新しい料理をすぐに教えておくれよ」

「うん、わかった！　その時調理法の応用も教えるね」

商談が終わったらご飯、ご飯。

「アルは料理人になりたいの？」

ノルド父さんが苦笑いをしながら俺に尋ねる。

「いや、料理はただの趣味だよ？　料理人はバルトロがいるから十分だよ」

「アハハ、そうなんだ……わからない」

結果からいうと、村の食堂に和食はなかった。

メニューはスープや、野菜の煮物、簡単な肉料理やスパゲッティくらいだ。これは残念。確かに種類が少ないや。増やしてあげないと。

リバーシ

今日はこの間、村の市場で手に入れた塗料と木の板を使って、リバーシを作ろうと思う。

リバーシといえば「覚えるのに一分、極めるのに一生」というキャッチフレーズがあるほど、簡単なようで実は奥の深い二人用のボードゲームだ。

正方形の一枚の板に八×八の升目を書いたら、あとは石を作るだけだ。板を小さい丸に切り取って、片面に黒、もう片面に白い色を付ける。

何て簡単に作れてしまうんだろう。最初にリバーシを考えた人は天才なんじゃないだろうか。

そう思いつつ、ペタペタと石を筆で塗っていると完成した。

「でーきた」

「なーにそれ?」

いつのまに俺の部屋に入ってきたのか、エリノラ姉さんがくいくいと俺の袖を引っ張る。

「リバーシっていう遊び道具だよ」

「何それ?　どうやるの?」

さすが娯楽が少ない世界だけに、遊びへの食いつきは凄い。

「簡単じゃない！　ようするに順番に石を置いて、最後に多く自分の石が残ってたら勝ちなのね！」

基本的なルールを教えてあげると、エリノラ姉さんはすぐにやる気になった。黒と白が表と裏になっている石を見て「へー」と感心している。

さすがのキャッチフレーズ。エリノラ姉さんでもすぐにルールを覚えることができたようだ。

ちなみにルールは教えたけどコツは一切教えてありません。

「全部私色に染めてあげるんだから！」

「じゃあエリノラ姉さんからどうぞー」

最初に白黒二つずつ石を置いて先攻をエリノラ姉さんに譲る。

パチ、パチとお互いに打ち合う。

「これも挟まれたから白ね」

エリノラ姉さんは、ひっくり返して自分の駒を増やすのが好きなのか、序盤なのに片っ端からご機嫌の様子でひっくり返してくる。

見事すぎる悪手だ。

「あー、取られたー」

などと俺もエリノラ姉さんを持ち上げるせいで、中盤に差し掛かるとエリノラ姉さんは勝利を確信したようだった。

「アルったら自分でルールを考えたのに弱いね」

などと調子に乗る始末。そろそろ反撃のお時間だよ？

「ここなんてどうかなー？　これとこれと、あ、斜めも、横もひっくり返るね」

「え？　え？　何で？　何で？」

穴だらけのところを見つけて、エリノラ姉さんの白い石を次々と奪い取っていく。

それは白いTシャツに醤油《しょうゆ》をこぼしてしまったかのように。もはや取り返しがつかない醤油、もとい確定石はエリノラ姉さんを拒絶するように微動だにしない。

ちなみに確定石とは相手に絶対に取られることのない石のこと。この石が多ければ多いほど有利になる。

「そこ、打てないよ？　相手の石を挟める場所じゃないと打てないから。だからパスだね」

「え？　本当だ」

「今回も駄目」

「……わわ」

「あ、今回はそこなら空いてるよ。ひとつしかひっくり返らないけど」

「……ひとつだけ」

そして最後のターンが終わった。

姉さんの白の石を分断し、俺の黒の石が覆い囲むように存在している。

結果、五十六対八で俺の圧勝。ククク、圧倒的ではないか！　我が軍は！

さてエリノラ姉さんの反応はどうだろうか。最後の方は無言になっていたので反応が気になる。

「……」

エリノラ姉さんは口をぽけーっと開けたまま、視線を盤上へと向けている。

俺はそこまで本格派じゃないけど、一応、ポイントといわれている戦術は押さえているくらいかな。

リバーシは八×八の六十四マスだから、三十三コマさえ取れれば勝てる。

相手に多く石を取らせて、相手の打つところをなくしていく。

二度とひっくり返されることのない確定石を増やす。

大雑把なポイントはこの三つじゃないかな?

四隅を取れば負けない。端をたくさん取れば勝てる。みたいな人もよくいるけど、案外そーでもないんだよね。

俺の友達に「端よこせー!」って端ばかり狙う奴がいたけど、狙いがわかりやすい故に、それを逆手に取られて皆によく負けていたな。

「……どしたの?」

「これ面白い!」

エリノラ姉さんの反応がないので声をかけてみると、ガバッと顔を上げ、瞳を爛々《らんらん》と輝かせて言った。

「へ?」

「もう一回! もう一回!」

「あー、わかったわかったから。肩を揺らさないで」

五回目

「もう一回！　」

「はいはい」

〜

十回目

「もう一回！　今度は端を押さえるんだから！」

「えー？」

十八回目

「何で負けるの⁉」

「ねぇー、もう飽きたってー」

「あと、一回！　一回だから！」

十九回目

「はい、ストナーズストラップと」

「え⁉　せっかく端を取ったのに！」

「はい終わり。もう夕食の時間だよ」

「まだ時間はある！」

「えー⁉　あと一回って言ったじゃん。遅れるとエルナ母さんに怒られるって」

「いいから！　もう一回！」

「シルヴィオ兄さんにあとでやってもらいなよー」

「アル、そろそろ夕食よ？　何をやってるの？」

テーブルに着いてないのは俺達だけなのだろう、エルナ母さんが様子を見に俺の部屋に入ってきた。

「これをやってるの！」

エリノラ姉さんがどうよこれ！　といった様子でリバーシを指す。

「何かしら？　……丸い板の表と裏で色が違うわね。板には何か線がひいてあるわ」

エルナ母さんは、指さされたリバーシの石を興味深そうに手に取って眺める。

「どうやって遊ぶのかしら？」

あら？　その流れは？

「えっとね、交互にこの石を打って相手の石を挟んで自分の石にするの！」

「あら、そのための裏表なのね」

エリノラ姉さんとエルナ母さんが腰を下ろして、ルール説明に入る。

「それで最後に自分の色の石が多い方が勝ちなの！」

「あら、意外と簡単ね。石は好きに置いていいのかしら？」

「挟めないところには置いちゃ駄目」

「わかったわ。やってみましょう」

「うん！」

やっぱりそうなったか……。

俺はパチパチと打っては何か喜ぶエルナ母さんと、経験が勝って得意げにしているエリノラ姉さん達を放置して、一階のダイニングルームへと向かった。

ダイニングルームに入るとノルド父さんを中心とした会議室のようになっていた。

上座には父さんが座っており、シルヴィオ兄さんもすでに席に着いている。

すでに食器が並べられて食事の準備は整っているが、二人がいない。

「アル、エリノラとエルナはどうしたんだい？」

「まだ俺の部屋にいるよ」

「まあ、すぐに来るだろう」

「いや、すぐには来れないかも」

「何かあったのかい？」

「あったというか、夢中になっているというか」

「シルヴィオ。ちょっと見てきて」

「はい」

シルヴィオ兄さんは頷くと、トテトテと部屋を出ていく。

「あーあー。ノルド父さん、今日の夕食は遅くなりそうだよ」

「え？　どういうことだい？」

二十分たってもシルヴィオ兄さんが戻ってくることはなく、メイド長であるメルの雷が落ちてようやく夕食になった。

その日、リバーシはノルド父さんによって取り上げとなり、その後三日間、エリノラ姉さんとエルナ母さん、シルヴィオ兄さんの三人がごねていた。

娯楽に飢えたところに娯楽を提供すると、とんでもない中毒性が出ることがわかった。

これからは提供する時に注意して与えないと。

◆

家族のためにリバーシを新たに二つ作ったために、材料がなくなってしまった。

いやー、まさかそんなすぐに三つも作るハメになるとは……。

エリノラ姉さんとエルナ母さんが欲しがるのは予想がついたが、バルトロも欲しがるとは。何でも知り合いに見せつけたいらしい。絶対にハマる奴がいるんだとか、何とか。

そんなことで、食堂のおばちゃんことセリアさんとの約束の件もあったので今日は村へと向かうことにした。

暖かな春の日射しがポカポカとしていて気持ちがいい。植物も春を喜ぶかのように、そよ風でゆらゆらと揺れている。

春と秋は暑くもなく寒くもなくと、非の打ちどころのない適度な温度にしてくれるので大好きだ。春や秋を嫌いだなんて言う人は珍しいと思う。

季節でいつが好きって聞かれると、春と秋は真っ先に挙がる確率が高いし。

夏か冬の二択で聞かれると、瞬時に答える人はわりと少なかったりする。

『あー、夏かなー。アイスとか美味しいし』

『えー、でも汗とかすごくかくから嫌じゃない？』

『そうだったー、じゃあ冬かな？』

みたいな感じに一長一短で、夏がいい、冬がいいなどと、フラフラとさまよう人も多いのでは。

そんな人達が行き着く先は、やはり春と秋。つまり春と秋は誰からも好かれる人気者だね。

などと考えながら道を歩いていると、初めて村へ来た時に兄さんとおっさん（尻に敷かれている）に出会った所に着いた。

「今日は兄さんもおっさんもいないな」

おっさんがいたら、またいじってあげるのにと思いつつ周りを見渡す。

……しかし、ナタリーさんてそんなに怖いのかな……。

青々とした収穫前の麦たちがゆらゆらと風に揺れている。それは俺をコリアット村へと歓迎してくれているように思えた。

黄金色のカーペットになるまでは、あと三ヶ月ってところかな。

小麦ロード（俺が勝手に命名）を進んで、人々で賑《にぎ》わう村の広場へと歩《ほ》を進める。

用のあるセリアさんのいる食堂へと行くと、午前中なのにダラダラしている男が四人いた。

あっ、おっさんがいる。ナタリーさんに怒られないかい？　大丈夫か？

農民って、結構しんどくて忙しいんじゃなかったのかな？　そう思ったのだが、彼らは朝早くから働いて、たった今休憩をしに来ているんだと思うことにした。

「あら、アルフリート様。何の用だい？」

「え？　忘れたの？　新しい料理を作るのに、欲しい道具があるって話」

「あ、あぁー、そうだったわね。勿論覚えてるよ」

パタパタと手を振り、苦笑いをするセリアさん。

今、二秒くらい止まってたね。絶対忘れてたよ。

「ローガンに何か作らせるんだって？」

「うん、フライパンとか色々頼みたいんだ」

「ローガンの家なら村長の家からもっと北に行った所にあるよ。ポツンと立っている家で、この時間なら作業をしてるはずだから、鉄を打つ金属音がきっと聞こえてくるよ」

「わかった。じゃあ行ってくる」

後ろから「はいよ」と、何ともオカンな声を聞き、食堂を出たところで足を止める。

せっかくだし、村を活気付けてあげるか。そう思い、空間魔法で収納していた、リバーシセットを取り出す。

「どうしたんだい？　道がわからないのかい？」

「違うよ。よかったらこれで遊んでみてね」

首を傾げるセリアさんに、リバーシセットを渡し、簡単にルールを教えて今度こそローガンさんの家に向かった。

フライパンと卵焼き

I want to enjoy slow Living

今日も賑わう村の広場を通り抜ける。

広場にはオバチャ……美しいご婦人方が他愛のない話に花を咲かせている。

「そうそう！　それで私なんてスパゲッティを二回もお代わりしちゃって」

「私もよー」

「うちの旦那なんて、この間あたしの分まで食べちゃったのよー？　あり得なくない？」

「わー、マウロさんよく食べるからねー」

「お陰で、私のご飯硬パンになったし！　本当あり得ないし！」

どこの世界でもご婦人方の話の種は、旦那のことや、食べ物のことらしい。

彼女らは特に甘いものには強い執着を見せるので注意が必要だ。甘味が不足しているこの村で、砂糖との繋がりを見せればどうなってしまうか。

転移による砂糖の転売を視野に入れている俺には、不安でたまらない。いつジャムパーティがばれた時のバルトロのようになってしまうか……。

恐ろしい未来を想像してしまい、ちらほらいるご婦人方にビクビクしながら広場を抜けてローガンさんの家を目指した。

村長の家から北の方へと適当に歩くと、森を切り開いたような所にポツリと小屋があった。裏には倉庫なのか、もうひとつ小さな小屋がある。

歩を進めるにつれて、小屋からは金属を打つような硬質な音がリズムよく聞こえてくる。

さて、ローガンさんとはどんな人なのか。セリアさんに言わせれば「あれくらいの偏屈さは可愛い範疇《はんちゅう》だよ」とのこと。素直じゃない性格らしいけど、それはセリアさんだからこそ言えるような気がする。

セリアさんの年齢は知らないけど、ローガンさんの方が年上じゃないのかな？

コリアット村の男女の上下関係がわからない。最初に出会ったおっさんが極端な例というだけだ。きっとそうだ。

「すいませーん。ローガンさんいますかー？」

作業音が聞こえる、開いている小屋の扉から中を覗く。

室内は、薪《まき》か木炭を多く使っているせいか壁が全体的にすすっぽく黒ずんでいる。

作業をするためか、広めの造りとなっていて村の民家よりは広そうだ。

奥には、大工さんのように頭に布を巻いている、無精髭《ぶしょうひげ》を生やした男がいる。

多分あれがローガンさんだろう。

重いハンマーを何回も振るためか、体にはしっかりと筋肉がついている。年は五十歳はいっているだろうか？　汗とすすの汚れ、無精髭のせいで老けて見える。

ローガンさんは俺の来訪に気付いているのかもしれないが、俺に視線を向けることもなく集中して何かを打ち続けている。

それを俺は中には入らずに、黙って立って見ていた。

しばらくすると、作業の区切りがついたのかローガンさんの動きが止まった。

「子供の来る所じゃねぇ……帰んな」

ローガンさんは布で汗を拭きながら、ぼそりと言う。

わーお、いきなり帰れって言われたよ。いや、でも冷静に考えたら四歳の子供が鍛冶屋に来たら、遊びに来たとか、ただ覗いてるだけかと思うよな。

「作ってほしいものがあるんです」

「ふざけてるのか？　子供の遊びなら他所《よそ》でやりな」

なるほど、やっぱりこうなるよね。ならこちらは、切り札を使ってしまおう。

「そうですか……セリアさんがローガンさんなら引き受ける。いや、引き受けないならただじゃおかないと言ってたんですが……わかりました。帰りますね」

「……ちょっと待て」

クルリと踵を返すと、ローガンさんがポツリと呟く。さすが切り札！

「はい？」

俺は純真無垢な顔で振り返る。

「……何を作ってほしいと頼まれた」

「俺が嘘ついてセリアさんの名前を使っているかもしれないですよ？」

「この村でそんなことをすれば、どうなるかわかるだろ？　あいつらは強くてたくましい。俺達じゃ勝てないんだ……」

最初はキリッとしていて、渋かったのに。セリアさんの名を聞いた途端、スイッチが入ってネガティブになるローガンさん。

俺も将来こうならないように自由気ままに生きよう。と誓う瞬間だった。

「で？」

立ち直ったのか、渋い男に戻るローガンさん。結構切り替えが早い。この受け入れの良さは、過去のローガンさんの身に起きた出来事から培われたのかもしれない。

「ローガンさんは何を作ることができますか？」

「鍋や、農具、包丁から剣まで。日用品から簡単な武器まで作ることができる。どちらかというと包丁辺りが得意だ」

「結構幅広く作れるんですね」

「村の鍛冶屋なら、大体はそうなる」

「なるほど。今日はフライパンとナイフを作ってもらいたいんです」

「ナイフはわかるが、フライパンとはどういう感じのだ？　普通の丸いものでいいのか？」

「いえ、こう四角くて、こう持ち手が斜めに付いていて……」

羊皮紙に設計図でも書こうと思ったのだが、置いてないようだ。ちなみにこの世界では、質の悪い紙なら安価で仕入れることができる。定期的に屋敷に来る商人がメモ帳なんかにしていつも持って来てくれている。

王都ではもっと質のいい紙が出回っているそうだ。

セリアさんも確かメモ帳みたいなのを持っていたな。レシピを書きとめる時なんかに必要なんだそうで。

仕方ないので、ひっそりとポケットの中で空間魔法を使い紙を取り出し、卵焼き用のフライパンの設計図を紙に描いていく。

上、横、下、斜めから描いた絵を見せる。

「四角い形？　何に使うんだ？」

「美味しい卵焼きを作るためです」

「卵焼き？　何だそりゃ？　丸じゃ駄目なのか？」

「四角じゃないと誰もがあの美しさを出すことはできません！」

「そ、そうか」

その後、深さ、大きさはどれくらいかと話を詰めていった。

ナイフは今すぐ使わないなら、必要な時が近付いたら来いと言われた。そりゃそうか。体の成長に合わせる必要があるしね。

◆

注文から一週間後。

約束した通りにローガンさんの家に行こうと思う。前回は歩いて行った。

しかし、今日は転移魔法でひとっとび。ローガンさんの小屋をイメージしてゴー！

自分の屋敷の前の景色が一瞬で消えたかと思うと、瞬時にローガンさんの小屋の前の景色に移り変わった。

最初は景色が急に変わるのに慣れなくて、気持ち悪くなったりしたけど、慣れてしまえば気にならないものだ。

毎日練習したお陰で、この距離くらいの転移なら楽勝になってきた。成功させるために、念を入れて隅々まで観察してイメージを焼き付けたよ。

ローガンさんには『ここら辺に何か珍しいものがあるのか？　どこにでもある小屋と森だけだぞ？』とか言われてしまった。

ちゃうねん！　頭にイメージを焼き付けてるねん！　変な子供、変態認定は勘弁してほしい。

今日も前回と同じ時間くらいだろう。すぐに金属音が聞こえてくる。

小屋を覗くと、ローガンさんは打ち終わったであろう包丁の刀身を眺めている。

俺が視界に入ったのか、包丁から視線を外す。

「おどかすな。いつのまに来たんだ全く……」

今日は転移で来ましたから。気配も感じないでしょう？　この魔法。

暗殺者とかが習得したらとんでもないことになりそう。

「あはは。頼んだものは完成しましたか？」

「ああ、ここにある」

ローガンさんはスタスタと壁に近付き、掛けてあった二つの四角いフライパンを手に取る。

一つはセリアさんに渡す用、もう一つは屋敷で使う用だ。

それをじっくり眺めて、問題ないことを確認する。大体が注文通りにでき上がっている。多少、細かな気遣いによる改良がなされているが、これはローガンさんの優しさと職人の技だろう。

「ありがとうございます！」

「実際、これはどんな風に使うんだ？」

「調理場と材料さえ貸してもらえれば、今すぐにでも作れますよ？」

「そんな大層な場所じゃないが、卵と少しの塩と砂糖くらいならある」

「じゃあ、今から作りますね」

ローガンさんについていくと、作業小屋の裏に建っていたもうひとつのこぢんまりとした小屋に着いた。

こっちが家かい。そりゃそうか。作業場じゃ寝れないか。

こっちの小屋の方がボロそうだ。ところどころ、壁に穴が開いているし。

ローガンさんは小屋に入ると、散らかっているものを整理しながら薪に火を付けて調理の準備をしている。

その間に少し補強しとくか。

俺は床や壁の脆《もろ》くなっていた場所を次々と土魔法で補強した。

火の調整ができたのか、俺に向き直っていたローガンさんがこちらを驚いた顔で見ている。

「お前、その年で魔法が使えるのか」

「まあ、これくらいならできますよ。穴とか塞いでおきましたよ」

「ああ、助かる。その魔法を活かしていくだけで食っていけそうだな」

「魔法があれば色々便利なので。毎日練習しているんですよ」

「見た目の割に随分と大人びた奴だ」

話しながら、フライパンに油をひいて、温まったところでよく溶いた卵を少しずつ投入する。

醤油が欲しいところだけど、なくても卵の味だけで十分美味しいので、少量の砂糖を入れただけだ。ローガンさんは甘いのが好きじゃなさそうだから、少なめにした。

「ほー、クルクルも器用なものだな。お前、料理人にでもなるのか？」

俺が卵を層にしていく様子を見たローガンさんが、感心したような声を上げる。

「料理は好きですけど、料理人にはなりませんよ」

次々と卵が積み重なって層になり、分厚くなっていく。

美しい、この形。卵焼きならいくつでも食べられるよ。前世でも自分で作ってよく食べたなー。

「ほおー、このための四角いフライパンか」

完成した卵焼きを見て、感慨深げにローガンさんが呟く。

「じゃあ、食べてみてください」

切り分けた熱々の卵焼きを、口に頬張るローガンさん。

「……美味い。目玉焼きや、かき混ぜた炒り卵ならよく食べるが、層にするだけでこんなに食べ応えのある食感と味になるとは」

「でしょでしょ？　調味料によって味も変わるんですよ？　これが広まったら四角いフライパンの注文が殺到すると思いますよ」

「間違いなく注文が増える。今日から準備しておこう」

どうやらローガンさんも気に入ってくれたようだ。

よかった。「美味しくない、こんなつまらないものを作らせたのか？」とか言われたら、へこんじゃうよ。

その日は、しつこく『セリアの食堂に行けば、これが食えるんだな？』と聞いてくるローガンさんに「食べられます食べられます」と何回も答えて逃げるように帰った。

これは中毒者になったのかもしれん。

帰り道には、セリアさんの食堂に行き、作り方を実演してみせた。

『卵を仕入れないと！』と大層ご機嫌な様子だった。店の仕事を放り出し、これから俺の卵焼きのように綺麗に作るために練習するようだ。

なお、食堂はリバーシで盛り上がる男達がわらわらといた。客の対応は娘に任せるのだとか。

念のため、ローガンさんが卵焼きについて口うるさく言ってくるかもしれないと注意しておいた

が、セリアさんによると

『ローガンは、昔からそんな奴だよ。どんと来い』

とのことだった。何とも男らしい人だ。

持つべきものは空間魔法

I want to enjoy slow Living

最近はリバーシと卵焼きの騒動で忙しすぎた。

リバーシは娯楽に飢えていた者達、老若男女全員がはまり、大会を開いて賭けまで始める始末。

もちろん、ひとつやふたつのリバーシセットで足りるはずもなく、村の木工師であるエルマンさんは、村人全員に血眼で見張られながらリバーシを大量に生産するはめになった。発案者の俺も一回だけ形状説明のために、エルマンさんの家に連れて行かれてしまった。

エルマンさんはいつもの仕事を後回しにして、リバーシの製作に取りかかっていた。木工師ということで、将棋を作ってもらいたくて頼もうとしたんだけど、それを言った途端に顔をみるみる青くさせていった。

『将棋を出すなら！　完成品の数を揃えてから広めてください！　またせっつかれますから！』

と、必死の表情で泣きつかれてしまった。

ごめんね、エルマンさん。もう、ローガンとバルトロ、屋敷の人と、村の大体の人に将棋を教えてしまったから催促がくるかも。

エルマンさんの眠れない日々は続きそうだ。

ちなみに、エルマンさんのお陰で、リバーシ大会は無事に開催された。試合会場はセリアさんの食堂だ。

セリアさん曰く、『うちのご飯も酒も売れて、嬉しいかぎりさ。娘もリバーシの大会に出るみたいだからね』とのことだった。

試合の度にどちらが勝つか、賭けが行われて、最初は雑用、次におかずが一品、そしてついにはお金を賭けるようになってしまった。賭けに熱が入りすぎてしまって家計に手をつけてしまった、どうしようもない奴もいた。

それは例の尻に敷かれているおっさん（本名はローランド）だった。全くどうしようもないおっさんだ。そんなんだからナタリーさんの尻に敷かれてしまうんだ。

さすがに村の人達も、おっさんのせいで家族が苦しむのは可哀想と思ってくれたのか、軽い雑用と奢《おご》りを約束させて、お金は返してもらったそうだ。いい村だなあ。

ちなみに優勝者はセリアさんの娘のカルラさんだった。セリアさんに似て豪快……さばさばとして大人っぽい感じで、髪を後ろに纏めた十二歳の少女だった。

優勝者は開発者である俺に挑戦できる謎のシステムのお陰で、後日、昼に食堂に呼ばれて対戦させられるはめになった。

十二歳の自信満々の少女をぼこぼこにするのもためらわれたのだが、こっちもリバーシの伝道者として、そして領主の息子という立場があるのだ。

村人に立派なところを見せてやらなければならないので、エリノラ姉さんを相手にした時のように、圧勝してみせた。

俺の技術と、将来性に盛り上がり、その日の食堂も大賑わいだった。

カルラさんは負けても、『やるじゃない、次は負けないよ』との逞しいコメントを残して笑っていた。

さすがはセリアさんの娘さんだ。カラッとしている。

卵焼きの方も大盛況。作りに来るようせがまれたが、作り方をバルトロに教えて、バルトロを派遣することで勘弁してもらった。四歳児の俺の体力では、ご婦人方の相手をするのは辛いのだ。

そのせいか、バルトロには「何で俺だけ……」と恨めしい視線を向けられてしまったよ。

そんなこんなで最近は忙しかったので、今日は昼から家でゆっくりしている。ゆっくりといっても、魔力増量訓練は欠かせないので、朝は土魔法で家を造っていた。

都会とは違い、田舎なら敷地も余っており、夢のマイホームも思いのまま。10LDKとかも余裕だぜ。庭も広いし。何なら森もついてくる。

最初はただの石でできた牢屋のように質素だったが、慣れるにつれて部屋のように複雑な造りもできるようになった。

今度、お気に入りの場所に別荘みたいなの建てちゃおう。

こんなに今後の予定のことばかり考えているのは、現在魔力切れで倦怠感が凄くて動くのがだるいからだ。

「あー……」

多分今の俺の目は死んでるかも。

「……じー」

「はっ！」

視線を感じて部屋の入り口の方を見ると、メイドのサーラさんが扉から上半身を乗り出して覗いている。

慌てて俺は起き上がり、ベッドへと向かう。

それを確認すると、サーラさんは頷いて扉を音もなく閉めて去っていった。

ちょっとサーラさん、俺のプライバシーは？

そのまま昼寝をして起きた後、暇なのでバルトロの様子を見に厨房へ行く。

厨房近くにある休憩室からは、ちょうどメイド達が休憩時間なのか声が聞こえる。

「……かしら？　アルフリート様……」

どうでもいい話なら気にせずバルトロのところへ直行するのだが、俺の名前が出た以上は興味が湧く。

恐らくこの落ち着いた声はサーラ。

「だよねー、だよねー、たまに何ていうか目が死んでるってゆーか、四歳の目じゃないよねー」

「わかりますわかりますー、何かくたびれた大人みたいな目をしてますよねー」

もう一人はミーナと仲良しで、頼りになる茶髪メイドのメル。随分と軽い口調だが、これでもしっかりとしていて頼りになるメイド長だ。

最後の少しアホっぽい声は、甘いもの大好きの駄メイドのミーナだな。

「ちょっとこの子大丈夫かなーと思うんですけど魔法も使えるみたいですし、スパゲッティにリバーシに、卵焼きも全部アルフリート様が考えたんですよね！」

「そうそう。本当に四歳かは疑わしいんだけど、これからもどんどんいいものを広めてほしいわね。村も活気がついてきてるし」

「あは、本当ですね！　卵焼きといえば砂糖を使うと、また違った美味しい味がするそうですよ！」

「相変わらず、甘いものに目がないわねー。そんなのどこで聞いたの？」

「厨房でバルトロさんとアルフリート様が料理しているの聞いちゃって」

メルは呆れた視線を送るが、ミーナはお構いなしで、えへへと表情をだらしなく崩す。

いつのまに聞いていていたんだよ。

その後はエリノラ姉さんが自警団の隊長から一本取っただとか、リバーシは俺以外ではシルヴィオ兄さんが強いだとか話し込んでいた。

厨房へ行くと、バルトロが卵焼きに何を混ぜるかと試行錯誤している模様。

「ん？　おー、坊主か」

俺はやっぱり何も混ぜない方が好きなんだが、ネギとか紅生姜《しょうが》とかウナギとか混ぜたのも美味しいよね。

「何か混ぜてるの？」

「あー、調味料の方の匙《さじ》加減はできるようになったんだ。だから今度は何か卵に具を混ぜ込んでみようと思ってな」

「なるほどなるほど」

「何かいい奴でもあるか？」

ちらりと台所を見ると、トマト、ネギがあった。

家庭によって違うけど王道はネギじゃないかな。俺の前世の友達はトマト入れてたな。

「ネギを刻んで混ぜたらどうかな？」

「おー、ネギか！　俺もそれがいいんじゃねえかと思ってたんだよ。いっちょ試してみるか」

腕まくりするとバルトロはネギを洗って、トントンと刻み出す。

「あ、そうだ。ミーナが、卵に例のものを混ぜると美味しいって情報を盗み聞きしてたみたいだぞ？」

「何だって！　本当か！」

こらこら包丁をこっちに向けない。怖いって。

「本当本当。ねだられないように注意しろよ」

「壺をさらに小分けにして隠しとく！」

バタバタと床下から壺を取り出し始めるバルトロ。まるでこれから家宅捜査をされる汚職議員みたいだ。

「バルトロさーん、卵に砂糖を混ぜると美味しいって本当ですかー？　でも、今砂糖って少なくなってきてるので難しい……」

あ、ミーナだ。

バルトロはというと、床下から取り出した砂糖を必死に小分けしているところで止まっている。

「あ……それ、砂糖ですよね？」

ミーナの声のトーンが低く下がっていて怖い。こんな声出せたんだ。

「い、いい、いや、これは塩だ！」

「いつも使う塩と砂糖なら、調理場の小さい壺に入ってますよ？」

あ、口調が優秀メイドになった。確実にバルトロを追い詰める気だ。

「え？　いや、それは」

「少し失礼します」

ミーナはバルトロの持つ壺から、一摘《つ》まみして舐める。一瞬、恍惚《こうこつ》の表情をしたがすぐにキリッと戻った。

「……砂糖です」

「……はい」

きっぱりと宣言されて、バルトロはがっくりと肩を落とした。証拠を突き付けられて事件は解決したかと思われたが、ミーナの家宅捜索は終わらない。

「他にもありそうですね。探します」

「え、おい！　もうない！　もうここにはない！」

「ここ以外の場所……自室にもありそうですね」

「あ、あー⁉」

あーあ、バルトロのお馬鹿、余計なことを。

まあ、俺は砂糖を亜空間に収納してるから大丈夫だけどね。持つべきものは空間魔法だ。

今日も屋敷は平和だ。

六歳になりました！

I want to enjoy slow Living

「はあ……」

「むむむ……」

「……」

俺、アルフリートは現在勉強をさせられている。

俺が六歳になったのを機に、教育が始まってしまったのだ。俺が学ぶのは丁寧な文章の書き方や、算数、作法、たまに歴史だ。本当なら文字や数字を覚えたりと初歩から始まるはずなのだが、俺はすでに習得しているのでランクアップしたところから始まっている。

隣で数字を相手に頭を抱えているのはエリノラ姉さん。エリノラ姉さんは十二歳。

剣術の成長は著しく、ノルド父さん曰く騎士団に入る実力はすでに十分にあるらしい。近隣の村を含めても勝てるのはノルド父さんだけ。

ますます手がつけられなくなってしまった。

その半面、勉強の方は少し残念なよう。数字を見て『何でそうなるの？』とか言っちゃ駄目。そういうものなの。詳しい理論は俺でもわけがわからない。

奥では、真面目に黙々と取り組むシルヴィオ兄さん。シルヴィオ兄さんは興味が勉強に特化している分凄いよ。九歳なのに、もう割り算に慣れてきている。すげー。真剣に数字とにらめっこして、すらすらと問題を解いていく。

最近成長して、ますますかっこよくなってきてるのが妬ましいところだ。それを言うと困ったように笑って『そんなことないよ』だって。

これが持つべき者の余裕というやつか……。

現在はご婦人方や村娘からの人気も上昇中である。もしかして、その人たちショタコンなんじゃ……と思ったのだけど、この世界は早く結婚するのが当たり前。十五歳で大人と認められる。シルヴィオ兄さんを狙っている人は多い。

そして、問題の出題者であり監督は、俺達の母であるエルナ母さん。エルナ母さんの実家が結構大きな商会のようで、数字には強い。知識や数字の大切さをよくわかっているので、勉学には厳しい。

「アル、どうしたの？　わからないの？」

「ちょっと面倒くさ……遊びたい」

いや、わかる。こんなのすぐ解ける。だって俺は前世で大学まで通っていたのだから。問題はこれを解いてしまったら、どんどんと次の問題を追加されてしまうことだ。

俺は今、子供のやる気を出させるあの言葉を待っているんだ。

「遊びたいのはわかるけど、勉強も大事なのよー？」

「わかってる。勉学は自分の身を守り豊かにするってことも」

俺のだらけた様子を見て、ため息を吐くエルナ母さん。

あれ？　これじゃ俺、駄目な子みたいじゃないか。

いや、でも六歳の子供ならこれくらいが当たり前だよね？

「じゃあ、これが解けたら遊んでいいわよ」

「よしやる！」

その言葉を待っていたんだ！

羽根ペンが軽くなり、さらさらと紙を数字で埋めていく。こんな程度の算数は楽勝だよ。

「結構今日の問題は難しいわよー？」

「本当にそう！　今日のは難しいわ！」

「エリノラの問題は一週間前にやったやつと同じものなのよ？」

「……え？」

隣でエルナ母さんとエリノラ姉さんが何か言ってるが知らない。

さっさとこの問題を解いて、自由になるんだ。

「できた！」

「ええ？　もう終わったの？」

「アルフリート様。まだ答え合わせが終わっていませんよ？」

紙を渡して部屋から出ていこうとすると、ひっそりと控えていたサーラさんに捕まってしまった。

最近、メイド達の俺に対する扱いが雑な気がする。この前なんかメルに服の襟をぐいって掴まれたよ。

猫のように大人しく拘束具（勉強机）に戻される俺。

エルナ母さんは真面目な表情で俺の解答をチェックしていき、数分経つと今までで一番大きなため息を吐く。

「……全問正解よ。行っていいわよ」

ちょっと表情がぎこちない気がするけど、気にしない。

「やったあ！」

「えー！　アルだけずるい！」

「はいはい、エリノラはもう少し基本から復習しましょうねー？」

エリノラ姉さんの可愛い文句を聞きながら、牢獄（勉強部屋）を出た。

あー、シャバの空気はこんなにも美味しかったのか。今なら刑務所から釈放された人の気持ちがわかる。

「もう勉強は終わったのかい？」

廊下に出ると、ちょうどノルド父さんが歩いてきた。

「うん。ちゃんとできたから早く終わった！　これで今から遊べ……」

「そうかそうか。お父さんもちょうど仕事が終わったんだ。今から剣の稽古でもしよう！」

俺の言葉の前半だけを聞いて、ノルド父さんは嬉しそうに俺の手を引いて、中庭に向かい歩き出す。

「えー⁉　剣の稽古はお昼からあるじゃん！」

「いいじゃないか。座ってばかりで体も硬くなっていたところだろ？　たまにはお父さんと二人で稽古をしようじゃないか」

まあ、親子のコミュニケーションも大事ですしね。魔法の訓練も順調だし、剣にも力を入れてみますか。

そう思った瞬間が俺にもありました。

「握りが固いよ、振り下ろしと止める時はもっと緩めて」

「はい」

「違う。もっと脇を締めて」

「はい」

「腕だけで振るんじゃない」

「はい」

「じゃあ、このまま素振り百本」

「……はい」

むむむ、剣なんて体育の授業でふざけながら剣道をしたくらいだ。

途中で何度もフォームを矯正させられたが、何とかお昼前には終えることができた。

ああ、勉強をさっさと終わらせた意味が。

「良くなってきたよ。午後は短めにしてあげるから、また頑張ろう」

やっぱり午後からもやるんだ……。

「あー！　アルだけ剣の稽古してずるい！　あたしも一緒にやりたかった！」

木刀を持った俺とノルド父さんを見つけるなり、エリノラ姉さんが地団駄《じだんだ》を踏む。エリノラ姉さんは今までずっと、勉強部屋（牢獄）で勉強していたようだ。

昼食を食べると再び中庭へと。

すでにエリノラ姉さんとシルヴィオ兄さんが、木刀を中段に構えて睨み合っている。

恐らく打ち合いをやるのだろう。

エリノラ姉さんは楽しそうな表情で、まるで獲物を見つけた狩人のようだが、シルヴィオ兄さんは、嫌々なのか無理矢理やらされているのか表情がひきつっている。足元を見れば生まれたての子馬のように足がぷるぷると震えている。

シルヴィオ兄さんの脳裏には今、何通りの敗北のイメージが浮かんでいるのだろうか。

「はじめ！」

俺が合図を出した瞬間に、エリノラ姉さんがシルヴィオ兄さんとの間合いをあっというまに詰める。

シルヴィオ兄さんは俺の突然出した合図にとまどいながらも、冷静にエリノラ姉さんの振り下ろしを受け止める。

そしてそのまま四回、五回と打ち合い、最後にシルヴィオ兄さんが突きでエリノラ姉さんの胸を狙ったが、流れるように避けられて、すれ違いざまにシルヴィオ兄さんの頭にエリノラ姉さんの木刀が優しくコツンと入った。

それでも痛かったのか、シルヴィオ兄さんは『あー!』と呻《うめ》きながら頭を押さえる。

それを見てエリノラ姉さん、俺、いつのまにか隣にいたノルド父さんが笑う。

エルナ母さんとメイド達もその様子を遠くから微笑ましく見ていた。

あー、今日も平和。

「アルもやる?」

「やらないよ」

エリノラ姉さんの問いには、清々《すがすが》しい声で否定しておいた。

その後、ノルド父さんに『いくらでも打ち込んできなさい』と言われて渋々打ち込んだら、シルヴィオ兄さんと全く同じことをされて皆に笑われてしまった。

ちくしょう。

マイホームへの侵入者

今日は中庭で木刀の素振りをしている。今回はやらされているのではなく、自発的にやっているのだ。舐めてもらっては困る。

あれだけボコボコにされたら、誰だって努力はすると思う。

黙々と全身の力を使うように振る。

百回ほどやると疲れてきた。ちょっと気晴らしに剣道の真似でもしてみようか。

「上段の構え！」

ふふふ、この構えは対戦相手を斬るための型。

必要な動作は、ただ振り下ろすだけ。斬り下ろす攻撃に限れば、全ての構えの中で最速の行動が可能なのである！

ていっても、構え方とこのくらいの知識しか知らないけど。

「中段の構え！」

剣先を相手の目線の延長線上に構えるもの。この構えは全ての構えにスムーズに対応することができる。つまり、攻撃、防御、全ての状況に臨機応変に対応できるのである。隙の少ないことから、今の剣道の基本の構えだ。

「下段の構え！」

剣先を水平より少し下に構える。防御の型といわれているが、機敏には動けず、相手に対して間合いを大きく取る必要がある。近年はこの構えを取る人が少ないらしい。

何か地味だからね。中二心に響かないのだろう。

「ふぅー」

この構えを取ると、高校の時を思い出したよ。よく、剣道の時間に先生の目から逃れて遊んでたな。

剣道って何でかけ声がいるんだろ？

友達によると『面！』って叫んで胴を打ったり、打った後にガッツポーズをすると無効になったりするんだって。

剣道部の友達に、真正面からじゃ勝てないから『胴！』とか言って面を打ったらめっちゃ怒られた。

だって、攻撃する箇所を教える斬撃なんて避けられるに決まってるじゃん！

相手は経験者なのに。

その友達によるとかけ声は、
初心者『めーん』

中級者『メェエエエエエン！』

上級者『メェンイァァァァ！』

超越者『言語化不能』

だそうだ。何かポ〇モンみたいだ。

あと、おじいちゃん達の戦いが凄いらしいとのこと。

俺だって面くらいなら、踏み込みだけできる。その友達が教室でも踏み込みをやってくるもんだから覚えてしまった。

「メエエエン！」

どう？　今の俺。声的には中級者くらい？

「面白い構えだったね。自分で考えたの？」

「え？　あ、ノルド父さん見てたの？」

「そうだけど？」

うわあああああ！……恥ずかしい！

「今の感じで父さんに打ち込んでみなさい」

うわ！　出たこのパターン！　ノルド父さんはことあるごとに、俺に打ち込ませてくるんだよ。

何か嬉しそうだし。

「よっしゃあー！　メェンイァァァァア！（上級者）」

俺は奇声を発して、ノルド父さんに立ち向かう。くらえ！　俺の振り下ろし。

「胴！」

「ぐぼぉへぇ！」

……一本……。

◆

ノルド父さんから綺麗に胴を貰ってからは、しばらく剣はお休み。

今日は魔法の日。土魔法で造った夢のマイホームの庭にブランコを付けるんだ。

マイホームがあるのは屋敷の裏の森。昔、フォークカブトと戯れた場所付近に建設中である。

そこには、エルマンさんに作ってもらった家具を転移魔法であらかた置いてある。お風呂も付いてるし、立派な家だ。

俺にとっての第二の拠点である。

「さーて、今日はブランコブランコ～」

そして俺は作りかけの木材をマイホームから取り出そうと扉を開ける。

ガチャ。

「……ガー……ゴー……グー……」

室内にはいびき声を上げる、右の目に眼帯を着けた大きな男が床に寝転がっていた。いびきの度に盛り上がる胸の筋肉はとても大きく、バルトロ並みのがたいの良さだ。

「……誰？」

念のため全身を確認してみる。知らない人だ。こんなゴツい人、一度見たら忘れるはずがない。

最低限の場所がカバーされた動きやすそうな防具。素材が何かはわからない。

男が寝返りをうって、すぐそばに転がっている銀色の大剣がカランと乾いた音を鳴らす。その音はぞんざいに扱われる悲しさを俺に訴えるかのようだった。

ライオンのたてがみのような荒々しい茶色の髪の毛に、濃い無精髭。

俺に気付く様子もなく、堂々といびきをかいている。

ど、どうしよう。近付くのは怖いしな。寝返りとかに巻き込まれたら大変なことになるし、声をかけるか。

「ご飯ですよー！」

「何⁉　飯か！」

あっ、起きた。

男はご飯を探して周りをキョロキョロと見渡すが、何もないことに気付くと舌打ちをして俺を睨み付ける。

「おいガキ。何者だ？」

「いや、それ俺のセリフ。ここ俺の建てた家だから！」

「何だと⁉　ここは休憩所じゃなかったのか⁉」

「人のマイホームを馬鹿にするな！　奥に行けば、台所に机に椅子にお風呂もあるだろうが！」

俺の言葉を聞くなり、男は立ち上がりのっそのっそと奥に行く。

「うおっ！　本当じゃねえか！　部屋があるじゃねぇか！　これじゃまるで家だぜ⁉」

あの男は俺の話をしっかりと聞いていないな？

奥の部屋に行くと、リビングスペースで、男がうろちょろと興味深そうに壁や椅子を観察している。

「ほー、へー」

土魔法で作った椅子と机。エルマンさんに作ってもらった椅子と机。その両方を置いてある。もちろん将棋も。

「ところでおっさん誰？　俺はアルフリート」

「お？　自分から名乗るとは行儀がいいな。俺の名はルンバだ！」

「ルンバ？　あのあちこち動いて掃除するやつ？」

「ん？　よく知ってるな？　俺もBランクになってあちこち世界を回ったせいか有名になっちまったかな？」

へへへと頭をガシガシとかきながら照れるルンバ。

何か話がずれてるけど、まあいいや。それよりもともかく。

「ルンバ、臭いから風呂に入って！」

水魔法で水を溜めて、火魔法で加熱して作ったお湯に、汗と泥まみれのルンバをぶち込む。

『王都の高級宿よりも、快適な風呂だぜ！』とかルンバが叫んでいる。

『石鹸まであるぞおい！　全然臭くない！　むしろいい香りがするぞ！』

当たり前だ、おもてなしの心を持った日本人を舐めるな。風呂には妥協を許さなかったからな。広さと豪華さでは王都に負けてしまうかもしれないが、機能美は保証できる。

ルンバのはしゃぐ声とわけのわからない鼻歌をシャットアウトして、簡単に料理の準備をする。

ルンバは絶対によく食べるね。大食いに決まっている。念のために食材を色々空間魔法で出しておこう。

三十分ほどでルンバはお風呂場から出てきた。

服もついでに風呂場で洗わせたので、現在は布を股間を隠すように巻いているだけである。

「筋肉ムキムキだね」

「だろー？　アルもしっかり筋肉つけろよ？　役に立つからな！」

俺が褒めると、ルンバは得意げに筋肉を膨らます。

「六歳に筋肉は早いよ。身長が伸びなくなるよ」

「ん？　お前六歳だったのか？　大人びてるから、てっきり十歳くらいかと思ったぞ？」

「十歳ならもっと身長がでかいよ」

「そうだったか？　がっはっはっは！」

まあ、ルンバの巨体からしたら、十歳も六歳も大して変わらないだろうけどね。

「はい、エール」

「お？　わかってるじゃねえか。お前本当にガキか？」

「六歳だよ」

疑わしい表情をしながら、土魔法で作ったジョッキに口をつけるルンバ。

「何だこれ！　キンキンに冷えてやがる！　ここには氷の魔導具でもあるのか？」

口の周りに泡を作って驚愕の表情をするルンバ。

「ないない、氷魔法で冷やしただけだよ」

「その年で氷魔法が使えるって、ますます子供らしくねえ奴だな。確かこの国の王女様も氷魔法が使えたはずだったな」

「ルンバは王都から来たのか？」

「まあまあ、それはテーブルの上に置いてある、飯でも食べながら話そうや」

「置いてるんじゃなくて、俺が作ったやつな」

ほとんど空間魔法で取り出したものだけどね。

ルンバは俺の用意したフォークを彷徨《さまよ》わせると、あるものに目を付けた。

「これが噂のスパゲッティとやらか！」

「ん？　どこかで聞いたの？」

噂と言ったことから、誰かから聞いたのであろう。もうそこまで話が広まってしまったのであろうか。

「モグモグ……あー、知り合いの商人でな……モグモグ……トリエラって奴から聞いたんだ」

俺が食べ方を教えると、ルンバは豪快にフォークで麺を団子のように丸めて食べ始めた。筋肉質な体と麺でリスみたいに膨らんだ顔がミスマッチしていて、ちょっと面白い。

「あー、トリーさんか」

トリエラ、通称トリーは、いつもコリアット村に来てくれる商人のことだ。

あの野郎、去年は俺とバルトロを裏切りやがって、何が『コリアット村の女性陣を敵に回したら商売ができなくなるっスから！』だよ。

俺達の砂糖の隠し場所をチクリやがって。

それで俺達は一週間オヤツ抜きだったんだからな。今度会ったら絶対はり倒してやる。

「おい？　何かはり倒すとか聞こえてるぞ？　何かあったのか？」

「いや、こっちの話だよ」

「そうか？　それじゃあ、お代わり！」

「俺はお前の母ちゃんか！　それよりルンバは何しにコリアット村に来たんだ？」

俺は、新しいスパゲッティを茹でながら、ルンバに質問をする。

「そうだな、答えよう。俺はこのミスフィリト王国所属の冒険者だ。ランクはBランク、SSが一番上だから、上から四番目のランクだな。元々俺は旅が好きだからな。どんな小さな村でも行くんだ。次はどこへ行こうかって時にトリエラからここを紹介されてよ、それで来てみたってわけさ」

「なるほど、それで来たんだね。俺が生まれてから冒険者が来たのは初めてかな？　王都からコリアット村までは、凄く遠いし」

ちなみにミスフィリト王国はコリアット村が所属する国だ。王都付近の人口は十万人くらいだとか。そして、コリアット村には現在約四百人が住んでいる。人数は結構多く思えるが、散らばって住んでいるために一見すると少なく見えるかもしれない。

最近は活気付いてきたお陰で移民者が増えてきているそうだ。村の端っこには、最近新しくできた見慣れない小屋が建っていたし。

「全くだ、俺もここまで遠いとは思わなくてな。ヘロヘロになりながらも、何とかここにたどり着いたってわけよ」

しっかりと、計画を立ててから来いよ。

「んで、これからどうするの？」

「この村はのどかで居心地が良さそうだしな、長い間滞在しようと思う！」

「宿は？」

「ここじゃ駄目か？」

絶対にそれを言うと思ったよ。

「んー、まあいいけど、お風呂も料理も自分で用意しなよ？」

「何でだ！　アルはここに住んでるんだろう？」

予想外だったらしい俺の返答に、ガバッと立ち上がるルンバ。

完璧に俺を当てにしていたらしいな。図々しい奴め。

というか近い近い、巨体だから圧迫感が凄い。眼帯着いているせいで余計に迫力があるって。

「いや、ここは第二の拠点で、俺の暮らしてる所は屋敷だし」

「屋敷？　アルは貴族か何かか？」

「一応、村の領主のスロウレット家の次男だよ」

「全然そうは見えないな……スロウレット？　どっかで聞いたことあるぞ？　領主の名前は？」

ルンバは腕を組みながら考え込む。

「ノルド……ノルド＝スロウレットがここの領主だよ」

俺の言葉を聞いたルンバがカッと目を見開き叫ぶ。

「ドラゴンスレイヤーか！」

ドラゴンスレイヤー？　何その中二病なふたつ名。面白いんだけど。

「ドラゴンスレイヤーって？」

「十数年前だったかな？　王都にドラゴンが襲いかかってきてよ、そん時大活躍してドラゴンの首を落としたのがノルドなんだぜ？」

「へー、知らなかったよ」

ノルド父さんが昔は凄腕の冒険者だったのは知ってるけど、そこらへんの詳しい話はしてくれなかったからね。ふたつ名が恥ずかしかったのかな？　帰ったら聞いてみよう。

「そん時、たまたま俺もノルドと同じパーティを組んでてよ、一緒に戦ったのはその時だけだったが……俺は覚えてるぜ」

懐かしむようにルンバが目をつぶる。絶対ノルド父さんも覚えてるよ。こんな見た目の人、一回見たら忘れられないって。

その後も何だかんだと話し込み、屋敷に泊まりたいとか言い出したので、しょうがなく屋敷へと連れていく。きっと知り合いだろうし大丈夫であろう。

何かこう、放っておいたら可哀想というか、何というか。放っておけないというか。こういうところがルンバの本当の強みなのかもしれない。人は一人では生きていけないから。

いや、でも、よく考えたらルンバの場合は寄生とかの部類なのかもしれない。居候にしないためにも、屋敷ではエリノラ姉さんの剣の相手でもして働いてもらおう。

そう、それがいい。

◆

屋敷に着くとサーラがルンバを応接室へと案内して、ノルド父さんを呼びに行った。

「あらー？　アルが連れてきたお客さんは誰かしらー？」

するとと、エルナ母さんがいつも通りニコニコとした表情で応接室に入ってきた。

「あ！　あん時のノルドにベタ惚れだった魔法使い！」

それに対してルンバは勢いよく席から立ち上がり、エルナ母さんを指さした。

突然のことに俺は呆然とするが、

「え？　あ、ちょっとルンバ!?　も、もう止めてよ！」

エルナ母さんがカアッと頬を赤く染めて、あたふたと叫び出した。

エルナ母さんのこんな表情初めて見たかもしれない。それにしても三十代に見えない可愛さだ。

「ガハハハハ！　俺のことを覚えていたか」

「当たり前よ！　ルンバのことを忘れる人なんてそういないわよ！」

なるほどなるほど、こっちがエルナ母さんの本当の口調なのかな？

「おい、アルが見てるぞ？」

エルナ母さんも俺の視線に気付いたのか、咳払いをして俺の方に向き直る。

「アル、案内ありがとう。リビングにオヤツがあるから食べてらっしゃい」

どうやら子供の前では威厳を保ちたいらしい。このまま子供扱いされて、オヤツを食べに行ってもいいのだが、もうちょっと慌てた姿を見たい。

「エルナ母さん」

「ん？　なあに？」

「照れちゃって可愛いー」

「んなぁ⁉」

またしても顔を赤くするエルナ母さん。あはは可愛いー。

「ブッ！　あはははははは！　あっはははははは！」

ルンバはツボに入ったのか、めちゃくちゃ大爆笑している。

こらこら机を叩くなって。

えっ⁉　机へこんでる。……マジかよ。

俺はエルナ母さんに捕まる前に、応接室を脱出してオヤツを食べにリビングへと向かった。

途中の廊下でノルド父さんと出会ったので、指さしながら、

「あっ！　ドラゴンスレイヤーだ！」

って元気よく叫ぶと、ノルド父さんがずっこけた。

「こら！　それをどこで聞いたんだ！　待ちなさい！」

後ろから呼び止める声が聞こえたけど待たない。待てと言われて待つのは犬くらいなのだよ。

懲りない奴等

I want to enjoy slow Living

ルンバが屋敷に泊まった次の日の朝、早速剣の稽古が始まってしまった。

エリノラ姉さんの相手はルンバにお願いしようとしたら、ノルド父さんに捕まってしまった。

「アルも父さんと稽古しよう。父さん、昔の話を聞いたら剣を振りたくなっちゃったよ」

いつもの爽やかな笑顔ではなく、どこか黒い笑みだった気がする。

わかってるよね？　稽古は真剣じゃなくて木刀でやるんだよ？

そんなこんなで現在、打ち合い中。もちろん俺が不利だ。ノルド父さんの体には掠《かす》りもしない。

防ぎ、受け流し、時に足をかけて俺を地面へと引き倒す。

「ちょっとノルド父さん！　足かけるとか今日厳しくない⁉」

「……そんなことないよ。ほらかかってきなさい」

ぐぬぬぬ。さては昨日のことだな？　恥ずかしいふたつ名でからかった昨日のことで怒っているんだな？

俺は心の中で今日の稽古の厳しさの原因を、昨日のことだと推定する。

ノルド父さんとの打ち合いだけで、何度地面に熱いキスをするはめになったことか！

大人げない、大人げないよノルド父さん。

「貴方〜頑張って〜。ほらアルも立ちなさい！」

屋敷の腰掛けから、声をかけるエルナ母さん。おかしくない？　それかける言葉逆でしょ？　夫よりも可愛い子供を応援するよね⁉

それからも何度も何度も立ち向かい、その度に念入りに頭をコツンと木刀で叩かれた。

今日だけで貴重な俺の脳細胞がいくつお亡くなりになったことか。

「さあ、これで最後だ。頑張るんだ」

「はい！」

よっしゃ！　これでやっと解放される。エリノラ姉さんはルンバに激しく打ち込むのに夢中だ。今日は午後からのんびりとできる！

「父さんに一太刀当ててみなよ。じゃないとまた頭に打ち込まれるぞ？」

ノルド父さんが笑いながら、俺に発破をかけるように挑発してくる。

なるほどそれなら、俺ものってみよう。

「ノルド父さん、いくらしつこく俺の頭に打ち込んでもドラゴンスレイヤーのことは忘れないよ？」

「……」

あれ？　おっかしいなー。挑発合戦じゃなかったの？　何も返ってこないやー。

ジーっとノルド父さんを観察していると、フッとノルド父さんが霞《かす》んだように見えた。気が付くとなぜか、俺の視界はぐらつき一面の青い空が見えた。

痛みは全く無かった。

「……あいつ馬鹿だろ……」

ルンバが何か言ってるがよく聞こえない。おかしいな？

あー、今日も空は青い。

澄みわたる青い空を視界におさめながら俺の意識は闇へと沈んでいった。

◆

「あ、アルが起きた！」

目を覚ますと、俺の部屋に心配そうな表情をしたエリノラ姉さんがいた。

あれ？　ここはどこ？　私はだあれ？

私の名前はアルフリート。前世での名前は伊中雄二……ばっちり覚えてるな。

視界がぐわんぐわんと揺れるのは意識が混濁しているのではなく、エリノラ姉さんが俺を揺すっているせいだ。

「こら、嬢ちゃんいきなり揺らしてやるな。今日はゆっくりさせてやれ」

俺の肩を揺するエリノラ姉さんをルンバが制止する。

「だって、アルが死んだ魚のような目をしていたから」

「それは元からだろうが」

「……そうだったわ」

えー！　エリノラ姉さんさっきの心配げな声は何だったの⁉

ルンバとエリノラ姉さんは俺に喧嘩《けんか》を売っているのだろうか？

俺が目を覚ましたことに安心したのか、二人の話題が稽古へと変わる。

「明日連れ回す権利は、勝った俺のものだな」

「キィー！　ムカつく！　何で一本も取れないのよ！」

エリノラ姉さんの悔しげな声を背に、ルンバはガハハと豪快に笑い部屋を出ていく。

「アル、ご飯と水ここに置いとくね。食べられないなら、あたしが食べさせてあげるけど」

「自分で食べられるよ」

「チッ」

「え？　エリノラ姉さん、今舌打ちした？」

舌打ちしたよね？　女の子にあるまじき行為だよ？

「んーん、何でもない！」

何でもない！　という言葉はろくでもない気がする。

特に女性が怒った時に使うそれは危険だ。「今回の何でもない！」は秘めごと的な感じで危険な香りがするが。

ちなみに女性が怒った時の『何でもない！』を女の翻訳辞典で直すとこうだ。

『何でもない！』＝「いや、本当は文句があるけど、今はいいや」

である。女翻訳辞典には他にこう書いてある。

『うん、多分』＝「駄目に決まってるだろ？」

『この服とこっちの服、どっちがいいと思う？』＝「答えはわかってるよな？　もちろんこの服だよな？」

『それでいいわよ』＝「私は納得してないけどね」

『私のこと好き？』＝「ちょっと買ってほしいものがあるんだけど？」

『ちょっと待っててね？』＝「言っとくけど、乙女には時間がかかるんだ。まだまだ時間かかるからな？」

皆はこの翻訳辞典で、しっかりと予習した上で女性と接する、または付き合いをすることをオススメする。

俺の経験上、最も危険だったのは『大丈夫です！』だ。その後、『そう？　わかった』って返事したら、次の日俺についての不満をえらいいいふらされた。

謙虚は日本人の美徳って言うけど、これはちょっと。いや、これは後になって怒りを爆発させただけだな。謙虚じゃない。

「うん、そこまで重症じゃないから。軽い脳震盪《のうしんとう》だって」

「そう？　何を言ったかは知らないけど、父さんを怒らすからよ」

「怒らせるつもりなんてこれっぽっちもなかったんだけどね」

「アルは無駄口を減らすべきね。じゃあ、私はそろそろ行くね」

「うん、ありがとうエリノラ姉さん」

エリノラ姉さんは、寝込んでる俺にぱたぱたと手を振り部屋を出ていく。

「アルにあーん、させたかったなー」

……エリノラ姉さん、声が丸聞こえだよ。

その日はゆっくりゴロゴロと過ごした。

◆

次の日になると、朝からルンバがやって来て『もう大丈夫だろ！　さあ出かけるぞ！』と言って俺を強引に村へと連れ出した。

村の様子を見たいから、俺に案内してほしいとのこと。

まあ、それならいいか。コリアット村の良さを、教えてあげようじゃないか！

屋敷を出発して俺とルンバはいつも通りの道を歩く。

「ここら辺は本当に麦が多いな。秋頃にはこの青々とした麦が、黄金色の麦になって綺麗だろうよぉ」

「そうそう、この麦たちがこの村に入る人を毎回歓迎してくれて、帰る時には見送ってくれる」

「……まるで母ちゃんみたいだな」

「だね」

そう思うと、麦たちが一層大きく、優しげに見えた。この村には母ちゃんが多いぜ。

ちなみに今日も麦畑には、おっさん（ローランド）はいなかった。

兄さんと、お爺ちゃん、お婆さんなんかはポッポッといて作業をしているようだ。

「じゃあ、広場へと行こうか。色んな人がいるから」

「おー、そうだな。トリエラがここの広場は物々交換とかが盛んだって言ってたしな」

広場に向かうにつれて、どんどんと小屋が密集してくる。この村では新参者は、端ってわけではないが、少し村の中心から離れて小屋や家を建てるのがルールらしい。何らかの店や、仕事上の都合がある場合はわざと外れに建てたり、いきなり中心部に建つこともある。

例えば食堂や宿屋を建てようとしたら、人の集まりやすいところに。

逆にローガンのように鍛冶師なんかは騒音や薪の拾いやすさと諸々の理由から端になる。

ローガンの場合は好んで端に住んでいるけれど。

だから、ここら辺の村の中心部にある家はほとんどが最古参の人達か、セリアさんのように食堂を持っていたり（決してセリアさんを最古参だとか言ってはいない）、エルマンさんみたいに客商売の職を持っている人達が多い。

「へー、なかなかに賑わっているな。これで王都に近ければ、もっと人が集まっていたかもしれねぇな」

市場に着くと、エルマンさんの家具や、ここでしか採れない野菜や山菜を見ては、度々何か尋ねている。

ルンバは豪快で荒っぽく思えるけど、結構よく細かいところに目がいくし、新しいものはキチンと調べる。そういうところを見ると冒険者だなぁと思ってしまう。

旅の途中でヘロヘロになった理由は、飢えた子供に食料を分けていたからだとか。

この村に来るまでの土地にはそんなに貧しい場所があるのか。

「アル！　腹が減った！　飯にしようぜ！」

「じゃあ、セリアさんの食堂へ行こうか。お金はあるの？」

「任せろ！　今日は金貨一枚持ってきたぜ！」

ルンバはキラキラと金色に輝く硬貨を、二本の指で挟んで自慢げに見せびらかす。

「金貨なんて、ここじゃ滅多に使わないよ。使われても困るだけかもよ？　そんなに食べるの？」

「何い⁉」

「いや、まあセリアさんの食堂なら大丈夫だと思うよ。最近儲かってるらしいし」

「……何で村の食堂がそんなに儲かってるんだよ」

「それは入ればわかるよ」

『セリア食堂』と書かれた看板がかかった、大きめの民家が次第に見えてくる。

「結構広そうだな。他の村の食堂は、もっとこぢんまりとしてたんだが」

「とある理由で大きくなったんだよ」

そう言って俺は苦笑いしながらドアを開ける。

「あ！　ああああああああぁぁぁぁ！　また負けたー！　俺の卵焼きー！」

大きな悲鳴を上げたのは例のおっさん。最近見ないと思ったらここにいたのかよ。

どうせリバーシか将棋でおかずを賭けて勝負をしたんだろう。本当に懲りない奴だ。

見たことはないけど、ナタリーさんの苦労が目に浮かぶ。

それにしても、このおっさん弱いのに好きなんだよな。ローガンもそうだけど。そういう手合いこそ何度も勝負を仕掛けてくるんだ。手に負えない。

「……何だこれ？」

「リバーシか将棋でもやっているんだと思うよ。これのお陰で、夜なんかは毎回大騒ぎしてるよ。そのせいで手狭になって皆で広くしたんだ」

「リバーシ？　将棋？　トリエラがこの前持ってたやつか」

トリエラには去年からリバーシの販売をする権利をあげている。その売り上げの何パーセントかが、我がスロウレット家へと常に入ってくる仕組みだ。

意外にもこの世界にも特許はあるそうだ。何でもそうしないと魔導具職人が報われないんだとか。職人の世界も大変そうだ。

「お？　見ねぇ顔だな？　いっちょリバーシでもやってみるか？」

「これはどうやるんだ？」

おっさんがルンバに気付いたのか、立ち上がってルンバを席に連れていく。

「なるほど、これなら俺でもできそうだ！」

おっさんの解説を聞いてルンバはすぐやる気になった。

「賭けは卵焼きひとつでどうだ？」

うわー、おっさん、初心者からムシリ取る気かよ。

「卵焼きって何だ？　ニワトリの卵をそのまま焼くのか？」

「これだよこれ」

ルンバの疑問に答えるように、おっさんがテーブルに置いてある卵焼きをひとつ差し出す。

「食ってみな」

「あー！　それ俺んだぞ！」

差し出された卵焼きはおっさんのものじゃないのか、他の男が文句を言う。

カッコつけて卵焼きを差し出すから、俺はてっきりおっさんの卵焼きかと思ったよ。

「いいじゃねぇか、ひと切れくらい！」

「それなら自分のやつを勧めろよ！」

「じゃあ、貰おう」

ルンバの隣ではおっさん達が取っ組み合いを始めたが、ルンバは気にせずに卵焼きを頬張った。

「「あー！」」

「あ、全部食べた」

そう、フォークでぶすりと突き刺すと一口で全部を。

そういえばルンバは、スパゲッティも豪快に大きな口をあけて食べていたな。

「ひと切れって言ったじゃねぇか！」

多分これ全部をひと切れと勘違いしたんだろう。ルンバって口大きいし。

「美味い！」

「当たり前だ！　お前には特製ローランドスペシャルの卵焼きを食わせてやるからな！」

あー、この前俺も食べさせられた。何かキノコとか山菜とか色々混ざっている卵焼きだな。結構美味しいけど見た目が悪い。

「おかわりをしたい！」

「駄目だ！　後にしな。リバーシが先だ！　食いたかったら俺を倒してからじゃねえと認められねぇ！」

「アル、こいつ殴っていいか？」

「リバーシで倒しなさい」

ルンバの言葉に少しビビったおっさんだが、俺の言葉を聞いて安心すると石を並べ出した。

最初は卵焼きが食べられなくてイライラしていたルンバだが、じょじょに面白さがわかったのか、どんどんとのめり込み前屈みになっていく。

「うお！　どこにも置けねぇ！」

「フッ……ならパスだな」

何がフッだよおっさん。

「相変わらず、ローランドはここに毎日来てるよ」

俺の隣で呆れ声を出したのはこの食堂の主、セリアさん。

「昼でこれだけ賑わうなら、夜はもっと凄そうですね」

「本当だよ。夜は酒も入るからもっと凄いよ。喧嘩だってしょっちゅうさ。喧嘩になると、か弱いあたいなんかには手に負えないよ」

「は？」

「は？　って何だい」

え？　この人何言ってんの？　自警団の隊長である旦那より強いくせに。

「いえ、喧嘩も起きるんだなっと思って。あは、あはは」

俺の言葉に安心すると、俺一人だけに向けられた威圧がとける。どこの海賊王の威圧だよ。

「そうさね、そんな時はあたしの旦那がガツンとやってくれるのさ！」

シャドーボクシングをするようにガツンとの部分で右ストレートを放つ。

すっげぇキレッキレじゃん。ヘビー級プロボクサーも真っ青だよ。

「そしてそんな旦那を、セリアさんがガツンと！　ですね？」

俺も同じように真似をして右ストレートを放つ。駄目だ、俺の右腕じゃ世界を狙えない。

「そうさそうさね。ちょっとでも女に色目を使ったり、お手伝いをサボったらガツンと！　ってアルフリート様？　ちょっとこっち来な？」

笑顔で二回頷くと、セリアさんは俺の手を取って台所へズルズルと連れていく。

え？　まずった？

男達が、哀れな目で俺を見てくる。やめろ！　そんな目で見るんじゃねぇ。

その後は、お玉で頭をポコン！　と叩かれて、皿洗いをさせられた。

皿洗いをしていると、隣で料理をしているセリアさんの娘、カルラの哀れむ視線が凄く頬に刺さった。

『あんたも懲りないねぇ』だと。

◆

「なあ、ローランド。毎回思うんだが、アイツは馬鹿なのか？　昨日も屋敷で同じことをやらかして、父親にしばかれていたぞ」

「あー、それは皆が思うことだ。この卵焼きも、焼くための専用のフライパンも、リバーシも将棋も、全部アイツが考えたんだが……」

「まあ、馬鹿と天才は紙一重って言うしな」

「まあ、この村の七不思議のうちのひとつだしな」

「アイツがか！　へへへ、面白れぇな。他にはどんな不思議があるんだよ？」

「誰も気が付かないうちに建っている、豪華な石の家とかあるぜ？　村の皆は精霊様が建てられたとか言ってってけどよ」

「はぁ？　あれはアルの野郎が建てたって言ってたぜ？」

「なら、その七不思議もアイツか！』

「他には何があるんだ？」

「まあまあ、焦るなってルンバ。まずは酒でも飲もうじゃねぇか」

「そうだな」

「「おーい、お酒お代わりー！」」

カブト再び

I want to enjoy slow Living

「アルー！　おやつ食べに行くわよ！」

いつも通りノックもせずに、俺の部屋に入ってくるエリノラ姉さん。

「えー？　バルトロに作らせたらいいじゃん」

「だーめ、今日は果物を食べたい気分なの」

何て女王様！

「じゃあ、裏の森にある木の実とか？」

「違うわ。アルが変な小屋や石の家を建てたりしてる森よ」

「草原の方の森じゃないか。それに変な家じゃない」

屋敷の裏にある森は、比較的近くて安全。大きな動物もいないし、魔物なんて見たことない。棲《す》んでいる動物はウサギやイタチみたいな小動物ばかりだ。その分植物も木の実とか、イチゴみたいなものとか、小さいものばっかりなのだが、安全に採れるので村の人達もたまに入ってくる。

それに対して、草原の近くの森は奥に行くとイノシシや、大きなヘビ、オオカミ型の魔物なんかがいる。

その分、美味しいキノコや、果汁たっぷりの大きな果物、ブルーベリーなんかがたくさん採れたりする。

美味しい餌があるところに動物は棲むのだろう。

「奥に行かないならいいよ」

「うん、じゃあ行こう！」

まあ、エリノラ姉さんがいれば安全なんだけどね。

ノルド父さんとエルナ母さんに一応連絡を入れておく。昨日、ワインドウルフとかいう魔物をノルド父さんがしっかりと倒したから安全だそうで。

領民を盗賊や魔物から守るのは、領主の義務だ。大抵は騎士団や、冒険者や、傭兵《ようへい》、自警団を雇って対処する。うちでは自警団を雇って訓練させたり、定期的に森を巡回させている。

うちの自警団は最強の領主、ノルド父さんが直々に指導しているお陰で屈強だそうだ。

今日も巡回している人達がいるそうで、安心だ。

収穫した食料を入れる布や籠を持って森へと向かう。勿論籠を手に持つのは俺。

てくてくと俺の建てた拠点近くを二人で歩く。

エリノラ姉さんの後ろを歩きながら背中で揺れるポニーテールを眺めていると、エリノラ姉さんがふと立ち止まった。

「あ、メグの実があるわ」

「どこ？」

「ほらあそこ」

エリノラ姉さんが指をさす方向を見る。

……どこなんだ？

「ほら、あそこの木の根の辺りにあるでしょ？」

目を細めてみるが全く見えない。メグの実って赤かったよね？　目立つよね？　全然見えないんだけど。ちなみに俺の視力は悪くない。両目とも1・5くらいはある。

どちらにせよ、採るのには変わらないので、エリノラ姉さんが指をさした木へと近付いていく。

え？　まだ先？　二十メートル先をさしたんじゃないの？

「……あ、あった」

「でしょ？」

結果的にいうと本当にあった。でもこれ見付けた場所から五十メートルくらい離れているよ。しかも、木の根元にちょっと赤い粒みたいなのがあるだけ。

メグの実は麦のような形をしており、まさしく麦のように赤い実がたくさんついている植物だ。全体が見えているならともかく、よくこの一部分の赤い粒が見えたものだよ。どこの民族？　視力2・0以上あるんじゃないの？

コロッコロッとした小さめの粒を傷付けないように、根元から摘んでいく。

他にもたくさん生えていたので、分量をわきまえて採っていく。食べられなくて捨てるようでは駄目だ。全部採るのも駄目。山のルールだ。

メグの実を採り終わると、エリノラ姉さんが何か持ってきた。

「何これ？」

真っ黒でビラビラと広がる謎の物体。光の反射で白く照り返して何か艶《なま》めかしい。触ると少しざらざらとしている。

見たことないんですけど。山菜？　キノコ？

「黒鬼茸よ？　滅多に見つからないんだけど、コリコリしてて美味しいわよ？」

「そうなの？　まあ美味しいならいいけど」

それも籠に入れる。

その後も、エリノラ姉さんがどんどんと採集しては籠に入れてくる。少量だけど見たことないのばっかり。

本当に食べられるの？

それからさらに探して歩く。今度はお目当ての果物を探すらしい。さっきよりも少し森の奥に進んでいる気がする。

ちなみにお目当ての果物の名前はリブラ。肌色の桃みたいな形で、何回も触ったりすると、すぐに傷んでしまう果物だ。高い所に実があるので採りにくいとのこと。

食べるとじゅわっと果汁があふれる果物で、何とミックスジュースのような味がする。腐っているとちょっとゲロっぽい味がするので注意が必要だ。

あんまり俺も見かけないレアな果物。

エリノラ姉さんは、『フォークカブトかスプーンカブトを見つけたら教えて』と言い放つと、てくてくとその辺を歩き始めた。

この虫の正式な名前はエリノラ姉さんも知らないが、いつも俺の建てた拠点の近くにいる奴らを、俺がフォークカブトと呼んでいるから、そう呼ぶことになっただけ。

多分村の皆なら知っているだろう。

それにしても、そんなカブト虫なんて、木の色に擬態していてすぐ見つからない。

少し疲れたので、近くの木を背にして座り込む。

「あー、疲れた」

上を向いて大きく息を吐く。

「あ……フォークカブトだ」

間違いない。拠点の近くに棲んでる奴と一緒だ。でもちょっとゴツゴツしすぎじゃない？

フォークの部分とか刺さったら出血ものだよ？

いや、慌てるなアルフリート。凶暴なのはスプーン。雌。女だ。そう、いつだって人間だって、カマキリだって、ここのカブト虫だって凶暴でたくましい生き物は女なのだ。

男は仲間。だからこいつも怖くない。例えフォークの域を超えた三股の槍のような角を持っていたとしても、怖くないんだ。

「エリノラ姉さーん！　フォークカブトいたよ」

「本当？　ならそこにリブラがあるわ！」

とりあえずフォークカブトを見つけたので声をかけると、エリノラ姉さんがすぐに小走りでやってきた。

「何で？」

「このフォークカブトは、リブラが生《な》る木によくとまっているの。前に、暇な時に飛んでいるフォークカブトを追いかけたらリブラがあったのよ」

「へー、なるほどー」

それは何とも微笑ましい光景だな。

上を見ると確かに、いくつかのリブラの実が点々とある。

それにしても、エリノラ姉さんもアイツらを追いかけるとは命知らずだね。

「じゃあアル、採ってよ！」

「え？　俺が？　姉さんが採るんじゃないの？」

「あんな高い所にあるの届くわけないじゃない」

「えー？　でもエリノラ姉さんならサルみたいに上っていけそ……」

「それ以上言ったら殴るわ」

「はい、俺が採ります」

「そのために、アルを連れてきたんだから！」

エリノラ姉さんは、当然とばかりに胸を張る。

ちくしょう、弟をパシらせやがって。

いつの世界も弟が姉にパシらされるのは当然なのか。

特に小学生から中学生の間の姉は強い。何でかというと、その頃は女の方が成長が早いのだ。だから体も女である姉の方が大きく成長しており、逆らっても勝てるわけがない。そして高校生にもなると、俺達弟という生き物は、これまでのことから学習する。女という生き物はとにかく理不尽なのだ。身長や力の差は逆転しても、理不尽を知ってしまった俺達は決して逆らわない。無駄だと知っているから。つまり一生勝てないのだ。

見事に姉と世の中に俺達（弟）は調教されてしまうのだ。

せめて男達の体の成長がもう少し早ければ……。

悔しさをグッと堪《こら》えて俺はリブラの真下へと行く。それからその場で土魔法を発動し、地面をリブラの生るところまで隆起させる。

「一個採れたー」

「さすがアル！　慎重にね！」

今、絶対リブラの心配だけをしたよね？

地面をゆっくりと沈め、元に戻す。

あと三つほど欲しいので、繰り返してリブラを採る。

「これで最後。ちょっと葉っぱ邪魔だなー？」

枝と葉っぱを掻き分ける。するとそこには、

「はっ！　スプーンカブト！」

雌がいた。

ヤバイ、コイツ凶暴！

下を見るとエリノラ姉さんはすでに籠を持って逃げ出していた。

スプーンカブトが機嫌悪そうに羽をブンブンとばたつかせる。

瞬時に、迅速に、即座に、三回も言っちゃった。リブラをもぎ採り空間魔法で収納する。

急速エレベーターで土を元に戻し、地上へと戻りダッシュ！

ブンブンと後ろから聞こえる、羽の音が怖い。

イメージとしては『俺達の愛の巣に何してくれてんねん！』的なことを言っているに違いない。

数十メートルを激走したところで気付く。

——転移で逃げればいいじゃないか——

全くもってそうだった。焦って気を取り乱しすぎた。

冷静になったところで、速度を緩めて拠点であるマイホームに転移した。

今回はやられなかったもんね。前回から俺も成長したもんだ。

シルヴィオバリア

I want to enjoy slow Living

「さあーて、昼寝昼寝ー」

本日は気持ちがいいほどの快晴だ。木製の窓を開けると、きっと気持ちのいい日射しが入ってくるはずだ。

鼻歌を歌いながら階段を上り、自分の部屋の扉へと手をかける。

キィッ。

「すぅ……すぅ……」

カビ〇ンが俺のベッドを塞いでいる。アルフリートはベッドで昼寝をすることができない。

「何で俺のベッドでエリノラ姉さんが寝てるんだ。わけがわからない」

いつもはくくっている赤い髪をシーツに散らし、手足を丸めて眠っている姉さん。

すぅ、すぅ、と規則正しい寝息だけが、静かな部屋に響く。

エリノラ姉さんは弟である俺の目から見ても、端正な顔立ちをしていると思う。最近は可愛さが抜けてきて、その分キリッとした凛々しさが出てきた。

姿勢がいいのは剣をやっているお陰だろうか。

たまにどっちが年上かわからなくなるほどのワガママをぶつけてくることもあるが、それも構ってほしいが故の行動なのだろう。実際は俺の方が精神的には年上なのだから、子供みたいで可愛いものだ。

さてさて、俺はエリノラ姉さんを起こすための笛なんか持っていない。例えそれを持っていて起こしたとしても、バトルを仕掛けられる定め。それは回避しなければならない。

俺は自分の部屋で、手に汗を握りながら考える。

お姫様だっこ……身体強化しなくちゃ持てない。それに絶対起きるだろう。

自分の部屋に行ってくれないかなー。

そうだ！　エリノラ姉さんの部屋に転移させてしまおう！

これならエリノラ姉さんを起こすことなく済む上に、転移の実験もできる。

まさに一石二鳥だ。

自分で思いついた名案に頬を緩めてしまう。

そういや……自分以外の人を転移させるのは初めてだな。フォークカブトはノーカウントだ。あれは昆虫だし。

失敗して怒られるのも嫌なので、まずはエリノラ姉さんの部屋に向かう。

ちなみに空き部屋と反対側の隣の部屋がシルヴィオ兄さんの部屋で、エリノラ姉さんの部屋はシルヴィオ兄さんの隣だ。

エリノラ姉さんの部屋に入る。

何らかの香りつけのものを使うのか、爽やかないい匂いがする。決してキツくはなく、仄《ほの》かに香る柔らかい匂い。

少し俺より大きめのベッドに、机や椅子。基本的に俺やシルヴィオ兄さんと変わらない家具の構成だ。ちょっとカーペットが高そうな気がする。俺のカーペットよりも断然クッション性がある。

あとは、服が脱ぎ散らかって床に落ちていたり、布団の上に下着があること以外は完璧。大丈夫。ポンチョみたいなダサい下着でも、アルフリート気にしないから、見ないふりするから。

念のために、エリノラ姉さんの部屋のイメージを目と脳裏に焼き付けておいて自分の部屋に転移する。

転移して戻ってきたら起きているってこともなく、穏やかな寝顔をして眠っている。

「よーし、じゃあエリノラ姉さん。自分の部屋のベッドに転移させるよー?」

エリノラ姉さんの肩に手を置いて、いつものように魔力を込める。

「……あん」

魔力を込めた瞬間にエリノラ姉さんから、普段は聞いたことのない声が一瞬漏れてきた。

やめてくださいよ。そんな悩ましげな声。

六歳の体なので特に思うこともなく、賢者の心でエリノラ姉さんを即座に転移させる。

フッと、エリノラ姉さんが一瞬で消える。

成功したか確認しにエリノラ姉さんの部屋に行くと、エリノラ姉さんは無事に自分のベッドですやすやと変わらずに寝ていた。

どうやら成功のようだ。

それにしても、やはり自分以外の人間の転移は魔力をより多く消費するようだ。相手の許可の有無にも関係はあるのかもしれない。今回は睡眠中の意識の無いときに転移させてもらったので、起きている時と比べて魔力の消費量はどうなのかということはわからない。

機会があれば、今度は起きている人を転移させてみたいと思う俺だった。

◆

無事に自分の部屋で昼寝をするとスッキリしたので、書斎でのんびりと本を読むことにした。

書斎に入ると、先客であるシルヴィオ兄さんがいた。

しかし、今回は読書をしているわけではなかった。

「一人で将棋でもしてるの?」

詰め将棋かな? 渋くね?

「あー、アル。ちょうどいいところに。さっきまで父さんとやっていたんだけど、仕事が入っちゃってね」

「それで将棋が中断されたと」

「そういうこと。よかったら僕と将棋しないかい? アルは強いんでしょ? リバーシでもいいけど」

「いいよ。ここに将棋があるし、これでいいよ」

ぱちぱちと駒を並べ直して将棋を始める。

今、この盤上の駒は全て俺の言う通りに動く。その名の通り、俺の駒だ！

尖兵である歩兵を前へと進ませる。

ちっ、自分で動かすとカッコ悪いな。将来魔力に反応して動く将棋とか作ってやる。

「成り上がるつもりかな？」

「歩兵は『と』になると強いんだよ？」

「確かに厄介だね。だから摘み取らないと」

出る杭は打たれる。俺の歩兵が無惨に桂馬ことお馬さんに踏み潰される。

「あー！　俺の歩兵！　俺が大事に鍛えた歩兵がシルヴィオ兄さんに寝取られた！」

「アル、どこでそんな言葉覚えてきたんだい？」

俺の言葉を聞くと、シルヴィオ兄さんは爽やかな顔で苦笑いをする。

ちくしょう、やっぱイケメンは苦笑いも様になってるな。

次々と俺の歩兵が桂馬に潰され、奪われていく。戦場を連想させるよ。

しかし、それは囮《おとり》！　歩兵で相手の陣地で成り上がると見せかけて、その隙に角で桂馬を奪うのが俺の目的！

「桂馬さんもーらいー」

「あ、いつのまにか射程の範囲に入ってる」

シルヴィオ兄さんは、慌てて桂馬を守るように他の駒を盾にさせるが、その隙に俺の飛車が縦横無尽にシルヴィオ兄さんの歩兵を奪い取る。

略奪だー！　歩兵の一兵たりとも逃がすなー！

「おっとと、危ない。そこの歩兵を取ったら、そっちの角が出てくるから行かないよー」

「バレた？」

「俺が使った手だもんね」

「その代わりに桂馬は返してもらうよ？」

「あっ」

俺の桂馬さんがシルヴィオ兄さんの角に奪われる。

俺の足が！　馬が！　何て残酷な世界。奪い奪われて、また奪い返す。何て野蛮で浅ましいこと。まるで人間の生き様を皮肉っているかのよう。

その後も激しい奪い合いの末に俺がシルヴィオ兄さんの王を、追い詰めることで勝利することができた。

「もう一度やる？」

「やだよ、シルヴィオ兄さん強いから疲れる」

「そうか。次は勝てると思ったんだけどね」

さすがシルヴィオ兄さん。エリノラ姉さんだったら絶対一回で止めさせてくれないよ。

「アルー？　ここにいるの？」

噂をすれば何とやら、エリノラ姉さんのお出ましだ。

「いるけど何？」

エリノラ姉さんからの用事は、ろくなことがなかったせいか、思わず身構えてしまう。

「何でそんなにビビってるの？　何もしないわよ」

「う、うん」

最近は剣術をしているせいか威圧感というのが増した気がする。切れ長の瞳をしているからっていうのもあるのだろうけど。

「久しぶりにリバーシしましょう！　あれからあたし強くなったのよ？」

「えー？　エリノラ姉さん何回もやらされるからやだー」

「いいじゃない。リベンジさせてよ」

「シルヴィオ兄さんを倒してからにして」

「今はアルの気分なのよ！」

何なのそれ？　アルコールの気分みたいだね。

エリノラ姉さんは机の上にリバーシを広げると、椅子に俺を座らせようとする。

それを俺は回避して、シルヴィオ兄さんの後ろに隠れる。

「ほら、アルやりましょう？」

「ほら、アル。エリノラ姉さんからご指名だよ？」

「シルヴィオ兄さんは如何ですか？」

「いらないわ」

「……いらない……」

即答するエリノラ姉さん。ちょっとシルヴィオ兄さんの雰囲気が暗くなった。

「今なら、銀貨一枚、それにリブラも付いてきますよ！」

「それでもいらないわ」

「……エリノラ姉さん酷い！」

「……アルもエリノラ姉さんも酷いよ」

いかん、シルヴィオ兄さんが小さくなっていく。

「いいからやるわよ」

エリノラ姉さんがズカズカと俺の所に踏み込んでくる。

「ひっ！　シルヴィオバリアー！」

「へ？」

エリノラ姉さんに拘束されることを恐れて、俺は思わずシルヴィオ兄さんを、処刑台へと送ってしまう。

あー、ごめんよ！　シルヴィオ！　そんなつもりはなかったんだ！

呆然とした表情で無防備な状態で押し出された、シルヴィオ兄さん。

「邪魔よ」

「痛ぃ！」

しかし、赤子の手を捻るように、いともたやすく弾かれる。

「シルヴィオバリアが！」

「……シルヴィオバリアって何？……何なの」

そして俺はなすすべもなく、椅子へと座らせられる。対面に位置するエリノラ姉さんは、満面の笑顔だ。

どんだけ俺のこと好きなの。ブラコン？　それとも俺の反応が面白いだけ？

何だかんだ悩みながらも、結局はエリノラ姉さんに勝利したせいで、十五回も連続でやらされた。

そのあとは、シルヴィオ兄さんが拗ねてしまって機嫌をとるのが大変だった。

シルヴィオバリアはしばらく封印かもしれない。

ルンバと森へ

I want to enjoy slow Living

ルンバがコリアット村にやってきて、一週間ほどになるだろうか。さすがにずっと屋敷にいられるのも嫌だったので、俺のマイホームを宿代わりに提供してあげた。

村の宿よりも豪華なんだからな？

駄々をこねることも予想していたのだが、すんなりとふたつ返事で了承してくれた。

ご飯が作れないなら、セリアさんの食堂に行けばいいことだし、冒険者だから自分でも料理のひとつやふたつくらいできるであろう。お金がなかったら山で狩りをできるであろう。ルンバは意外にもお金の蓄えがあるらしいので大丈夫そうだが。

ルンバの長期滞在に備えて、第三の拠点の建設もやっておこうかな。

今日はルンバと一緒に森を歩くことにした。理由は冒険者の知恵を貰うため。少しは俺の糧になってもらわないと、マイホームを提供した意味がない。

「ノルドには言っといたけど、いいのか？　エリノラを誘わないで」

「だって、エリノラ姉さんとか来たら、片っ端から突撃、殲滅《せんめつ》になりそうだし」

「それもそうだな」

ルンバは、地球に存在する円形の自動掃除機のようにチョロチョロと動くこともなく、正確な足取りで静かに歩く。

こっちのルンバも魔物を退治するメカニズムは凄いよ。ちょっとＡＩに怪しいところがあるかもだけど。

俺が歩くと、パキッと枝を踏んでしまったり、土をこするような音が立ってしまう。

「もっとしっかり周りを見ろよ？　今は気配を抑えて歩くだけでもいいから」

「わかった。頑張る」

草むらの音を立てないようにしたり、枝を踏まないようにしたりして、シカやウサギに近付いてみるが、やはり勘づかれてしまう。

ルンバはというと、膝の高さほど生えている草を音もなく掻き分けて、イノシシに向かって近付き、石ころを当てていた。

どうしてあの巨体で静かに移動できるんだ。

石ころを当てられて激昂したイノシシが突進してくる。ルンバはイノシシを自慢の両腕でがっしりと受け止めて、軽々と投げ飛ばしていた。豪快すぎる。

気配を殺すことに苦戦しながら進んでいると、ルンバが俺の前を手で遮る。

「何かいたの？」

小声で俺はルンバに声をかける。

「魔物だ。といっても、ゴブリン一匹だがな」

「魔物⁉」

ルンバから魔物という言葉を聞いた瞬間、背筋がぞっとし、体が硬直する。

ゆっくりと前方の小道の先に視線を向ける。

草木を揺らす音がし、ゴブリンが茂みから出てきた。緑一色の小柄な体に、尖《とが》った耳。顔の真ん中に付いた大きな鼻が特徴的だ。群れからはぐれたゴブリンなのか、一匹でキョロキョロと首をしきりに動かしている。

「アルは魔物を見たことがねぇのか？」

「一度だけなら遠目に見たことがあるよ」

そう、一度だけ見たことがある。ワインドウルフという、白い毛並みをしたオオカミ型の魔物。鋭い眼光をしたワインドウルフの姿にビビって、その時俺は即座に転移で逃げた。

「まあ、ゴブリン一匹だしな。凶暴な奴なら剣なんかを装備したりしているが、今回は丸太だし大丈夫だ。アルが剣で倒してみるか？」

「いや、丸太でも六歳児には十分重傷だって。それに戦うなら魔法でやるし」

「お？　それもそうだな。アルは魔法の方が得意だったよな」

なんて話し込んでいると、向こうもこちらに気が付いたのか、「ギイッ」と低いダミ声で鳴き、こちらに向かってくる。

「魔法で安全に倒したいなら、距離を詰められるなよ？　接近戦になるぞ？」

ルンバが自分の身長ほどの剣を構え、ゴブリンを見据える。

「ってあれ？　アルはどこだ？」

『こっちー！』

俺は遠くにいるルンバに声を投げかける。

「は？　何でそんな後ろにいるんだよ！」

『接近されたら怖いから！』

「怖いからじゃねぇよ！　ったく、いつのまに！」

え？　転移で密かに距離をとっただけなんだけど。現在、俺とゴブリンの距離は三十メートルは離れている。

ルンバは、俺に倒させるつもりなのか俺の方に走り出しゴブリンを誘導する。

小柄な体なので、ルンバとゴブリンの距離は大きく開く。それでもゴブリンはがに股でバタバタと走ってくる。

俺は氷魔法で氷柱を二本生成する。冷気が俺の前へと収束し、瞬時に氷柱の形となる。氷柱のお陰で俺の周りの空気が一気に下がっていく。

「ルンバー！　魔法打つから射線あけて！」

「おうよ！」

ルンバが脇道の木々へと逸れたお陰で、ゴブリンへの射線が確保される。

ごめんねルンバ。俺が転移して距離とったせいで面倒くさくなって。

古代から中世にかけて使われていた、据え置き型の大型弩砲《どほう》をイメージして、俺は一気に二本の氷柱を打ち出す。

『バリスタ！』

氷柱は重厚な音を立てて空気を切り裂くように飛んでいき、一本はゴブリンの胸に、一本はゴブリンの腕を吹き飛ばして地面に縫い付けた。

血液は見慣れた赤ではなく、紫色だった。

赤色だったら気分が悪くなって吐いていたかもしれない。

ゴブリンに近付くと、即死だったのかピクリとも動かない。

俺が殺したと思うと、暗い気持ちになる。ゴブリンに氷柱が突き刺さる姿が脳裏に焼き付いて離れない。

すでに、ウサギやイノシシなどの動物は何匹か狩ったことがあった。生きるためだと割り切っていたつもりだった。

しかし、こうして人型の生き物を殺すと、心の冷えを感じる。どこか割り切れなかった。それが魔物と呼ばれる生物であろうとも。

多分、俺は何かと、安全に、遠距離で、魔法で、と理由をつけて、自分の手で人型の生き物を殺すのが、ただただ怖かっただけなのかもしれない。

ふー、と俺は息を吐いて気持ちを切り替える。ルンバも俺の心情を察してくれたのか、神妙な顔つきで俺の傍に立っている。

前に進むためにも、俺は気を強く持ってゴブリンの亡骸《なきがら》を見下ろす。

「……なかなかグロいね」

「……お前の魔法がな」

違うよルンバ。今ここシリアスなところ……。

バッテリー。心からの言葉

I want to enjoy slow Living

「シールヴィーオ君！　あーそーぼー！」

俺は元気よくシルヴィオ兄さんの部屋の扉を叩く。

「……」

しかし、シルヴィオ兄さんからの返事はない。しかし、留守ではない。なぜならばさっきお菓子と本を手にして、部屋に入るところを目撃したから。

優雅だね。貴族っぽいよ。

……パラッ……。

耳を澄ませば、本のページをめくる音が聞こえてくる。シルヴィオ兄さんがいる証拠だ。

シルヴィオ兄さんは優しい。だから、可愛い弟である俺の遊びのお誘いに反応しないわけがない。例え集中していても。物語がいいところであろうとも、いつもなら嫌な顔ひとつせずに返事をしてくれる。

いいお兄様だ。もっとも、それがエリノラ姉さんをやり過ごすいい方法なのかもしれない。俺も今度試してみようかな。

「シールヴィーオくーん？　いないのー？」

ともかく、そんなシルヴィオ兄さんが出てこない。

さてはやはり、昨日のことで拗ねてるのか？

俺は昨日の夜のことを思い出す。


昨日はシルヴィオ兄さんに誘われて、将棋をしていた。

もともと将棋も得意ではないため、毎日努力を重ねるシルヴィオ兄さんにはあっというまに実力が追い付かれてしまった。

今となってはお互いの勝率が五分だ。

俺が敵わなくなってしまう日も近い。

現に盤上では、俺が王の駒の護衛を最小限にして、シルヴィオ兄さんの玉の駒を攻め立てているところだ。

「シルヴィオ兄さん、守るのがうまいね」

「……」

するとシルヴィオ兄さんは、なぜか苦い顔をする。

「ん？　どうしたの？」

「……何でもないよ。ほら、次アルだよ」

「う、うん」

俺は中盤に角の駒を置いて睨みを利かせながら、果敢にも飛車や桂馬、金の駒で相手陣地を攻め立てる。

シルヴィオ兄さんは俺の角の駒の射程に入らないように、銀や金を使って玉を護る。囮《おとり》を出しても、ちっとも乗ってこない。ボディーガードかよ。

ちなみにボディーガードというのは、当然護衛対象を護るのが仕事。

よく映画などで、ボディーガードがかっこよくハンドガンをバンバンと撃つシーンや、危険人物を殴り倒しに行くシーンがあるのだが、本来のボディーガードとしては失格の行いだそうで。

ボディーガードは護衛対象を無事に護る、逃がすのが優先だそうで、戦闘に入った時点で駄目らしい。常に周りの人全てを観察して、これからどう動くか予測して安全に護衛をする。

格闘が得意な人よりも、臆病な人の方が適性があるそうです。

話が逸れた、ともあれシルヴィオ兄さんの銀や金の駒がウザイ。

玉も玉でするりと流れる水のように逃げていく。

また、それにあわせて周りの銀や金の駒も纏わり付く。

「あー！　またシルヴィオ兄さん銀と金の駒でバリアつくってー！」

「……バリア……シルヴィオ……バリア」

「ん？　どしたの？」

項垂《うなだ》れるように肩を落とす。シルヴィオ兄さん。

え？　何なの？　どうしたの？

……あ、バリアに反応したの？

その後は、シルヴィオ兄さんの駒のフォーメーションが一気に瓦解していった。

玉も俺の角の駒に討ち取られる。

王である玉が討ち取られると、これ以上戦う意味はない。

戦う意味を失った駒をシルヴィオ兄さんが木箱へと収めていく。

「アル、僕はもう寝るよ」

「ん、部屋は片付けとくね。おやすみー」

シルヴィオ兄さんは、フラフラとしながら書斎から自分の部屋へと戻っていった。

以上が昨日の夜のこと。

◆

今思えばあの瞬間に、言葉でシルヴィオ兄さんの心をへし折っていたのかもしれない。

まー、仕方ない。シルヴィオ兄さんのことだ、明日になったら機嫌が直っているさ。

むー、せっかく、お手製野球ボールを作ったのに。

まあ、適当な布をぐるぐるに固めて紐《ひも》で縛っただけなんだけどね。

シルヴィオ兄さんが相手をしてくれないので、お菓子でも食べようとダイニングルームの方へと向かう。

途中、壁にボールをポンポンと当てていたら、メイドであるメルに注意された。

その後ろではミーナが少しそわそわしている。チラチラと視線を俺の手に握られるボールに向けては、慌てて視線を外したりと落ち着きがない。

わかっているぞ？　ミーナもボールで遊びたいんだろ？　しょうがない奴だ。後で休憩室にボールを放り込んでおいてあげるよ。

俺が通り過ぎて残念そうにしているミーナを背に、ダイニングルームへと向かう。

最近は俺とバルトロのお陰でオヤツのバリエーションが増えて、頻繁に皆が集まることもある。大きな原因はバルトロが思ったよりいっぱい砂糖を隠していたからだが。

そのお陰で、すぐに食器を取り出せるように、棚がいくつか設置されたくらいだ。

ダイニングルームの椅子には、なんとエリノラ姉さんがクッキー皿を手に座っていた。

「ゲッ！」

「ゲッ！　って何よ！」

おっと、思わず反射で出てしまった。

確かに相手の顔を見て『ゲッ！』は失礼だ。アルフリート反省。

「ごめんなさい。というか何でいるの？　今日は隣の村に遊びに行くとか言ってなかったっけ？」

「まあいいけど……いやよくない。ゲッ！　はよくないわ」

「ごめんなさい。エリノラお姉様。もう二度と言いません」

俺の誠心誠意の謝罪が通じたのか、エリノラお姉様は腕を組み仰々しく頷く。

よかった。お許しが出たようだ。

本当によかった……命があって。

「何か今日は家にいた方が面白い気がしたから、明日行くことにしたの」

エリノラ姉さんはバルトロが作ったであろう、クッキーをかじりながら説明する。

わお、何て気まぐれな理由。

「何か文句あるの？」

「何でもございません。アルフリートは大変嬉しゅうございます」

エリノラ姉さんに半目で睨まれながらも、平常心を保ちつつご機嫌をとる。

「変な話し方。そんなに嬉しいのなら一緒に遊んであげるわ」

「何で？」

エリノラ姉さんの急な誘いに、俺は気だるげな声を出す。

だって、いつもこういう時は稽古になるんだもん。

と思ったのだが、エリノラ姉さんは俺を連れ出すことなく、俺の手に視線を向ける。

「それボールでしょう？」

「ボールだよ」

「なら、今日はボールで遊びましょう」

「えー？　ここでとか、食器もあるし危なくない？」

「剣がいいの？」

「さあーー！　キャッチボールだ！　ピッチャーは俺！　キャッチャーはエリノラ姉さん！」

俺は声を張り上げてエリノラ姉さんに言葉とボールを投げかける。キャッチボールはすでに始まっているのだよ！

「キャッチボールって何よ？」

俺の投げたボールをキャッチしながらエリノラ姉さんは疑問を口にする。

「へい！　ボール投げ返して！」

「何よ、投げ合いのことね」

とボールを投げ返してくる。よかった。豪速球とか来なかった。

ダイニングルームは家族全員が食事をしながら、メイドが動き回れるくらいのスペースはある。つまり子供のキャッチボールくらいなら問題なくできる広さがある。

和気あいあいと緩やかにボールを投げ合う。

「アル、もっと速く投げられないの？」

エリノラ姉さんが挑発するように、速度をあげてボールを投げてくる。

慌てて受け止めるが、結構速いな。

「ちょうど肩が温まってきたところだよ」

とは言っても六歳児の肩。これ以上速くなるわけがない。

少し身体強化を使って投げてやるか。

俺は魔力を体全体に纏わせてボールを投げる。

『くたばれ！　エリノラ姉さん！』

俺の魔力と気持ちが入り交じったボールが、真っ直ぐにエリノラ姉さんの胸元へと向かう。

これこそが言葉のキャッチボールだ！　心の声だけど。実際に口に出しては言えないけどね。

さっきのエリノラ姉さんくらいの球速はあるはずだ。

しかし、エリノラ姉さんはスピードアップした俺のボールを、こともなげに片手で受け止める。

「何だよ！　それ！」

「ちょっと速くなったわね」

「気持ちが込もってるんだよ！　ボールには心の言葉が宿るんだ！」

「へー、ボールに心の言葉ねー」

エリノラ姉さんは胡乱げな眼差しで、キャッチしたボールを眺める。

「じゃあ、あたしも気持ちをボールに込めて投げるわよ」

エリノラ姉さんの『えいっ！』という可愛いかけ声と共にボールが発射される。

ん？　何か込めたのか？

『虐めていい？』

アカン！　邪悪な呪いがかかってる！　それは悪感情だよ！

「あぶなっ！」

余りにも邪悪な思いが込められているせいか、思わず避《よ》けてしまった。

「ちょっと何で避けるの！」

「え？　余りにも速いから？」

「さっきまで取れてたじゃない」

「キャッチミスくらいあるよ」

「まあ、そうね」

何とかエリノラ姉さんを宥めつつ、転がっているボールを拾いに行く。

「もういっちょ、気持ちいくよー！」

「アルの球くらい、いくらでも受け止めてあげるわ」

おー？　言ったね？　絶対だよ？

「それ！」

『虐めないでください！』

心からの願いを込めて、エリノラ姉さんの顔にボールを投げる。

受け止めてください！

「あ、虫」

そう言ってエリノラ姉さんは俺のボールを片手で弾く。

「何でやねん！」

「ごめんごめん。ちょっと顔の所に虫がきたから」

「本当に？」

「本当よ」

「ならいいけど」

そうそう、そういう偶然もたまにはあるさ。決して俺の願いが受け入れてもらえないとか、そういうことではないと思いたい。

再びエリノラ姉さんからのボールが飛んでくる。

ん？　今回は特に問題ないよね？

そう思い、手元にきたボールを両手で受け止めようと構える。するとキャッチする直前に、

『リブラ採ってきて』

「はっ！　取ってしまった！」

呆然としながら手元のボールを見る。突然押し付けるように、ボールが囁《ささや》いた。まるで姉が弟をパシるが如く。

やってしまった。

見るとエリノラ姉さんが、してやったりという顔をしていた。

きっと後でリブラを採ってこいと言われるに違いない。

綺麗な顔してやることがえげつないです。

はいはい、家族は俺以外美形ですよ。はいはい、エリノラ姉さん可愛い。

心の中で悪態をつきながら、ボールを投げる。しかし、適当に投げてしまったせいでエリノラ姉さんから大きく離れた方向へといってしまった。

『エリノラ姉さん可愛い』

「あー、ごめん」

ん？　何かボールに変なの込もった？　まあいいや。

これは取れない。そう思っていたが、エリノラ姉さんはボールを確認するなり瞬時にダッシュしてボールの落下地点へと走り出す。

そして落下するボールへと飛び込み、離さないとばかりに腹へと抱える。

最後には運動神経をフルに活用し、華麗に体全体を使って衝撃を逃がして着地する。

とても綺麗な前回りだ。

「……そこまでして取らなくても」

「何か今のは取らなくちゃいけないと思ったの」

「……何それ」

馬鹿にしたように笑うと、エリノラ姉さんが不満げな顔をして言い放つ。

「じゃあ、アルが取りたくなるようなボールを投げるわ」

「そんなの無いよ。犬じゃあるまいし」

「あっそ。それ！」

緩やかにエリノラ姉さんの手元から飛んでくるボール。

球速が遅いからって取りたくならないよ。全く、舐めてもらっちゃ困るよ。

『もうアルにちょっかいかけません』

やっべ！　それは取らないと！

「ワン！」

本能のままに俺は周りを見ずに駆け出す。

そして、緩やかにテーブルへと落下するボールに向かって飛び込む。

そう、そこにエルナ母さんお気に入りのコップがあろうとも。

もろに衝撃を受けたせいで、コップがテーブルから床へと投げ出される。

そして……。

ガシャーン！　パリン！

エルナ母さんお気に入りのコップが割れてしまった。

「あーあー、それエルナ母さんお気に入りのコップだよ？　あれほど割れやすいって言われていたのに」

そう、その通り。王都でノルド父さんに買ってもらったらしく、いつも大事に使っているものだ。相当思い入れがあるのだろう。そんなコップを割ってしまった。

「ちょっと今凄い音がしたけれど、どうしたの？」

「あ、いや、えーと」

「アルが母さんのお気に入りのコップを割ったの」

それを聞いてエルナ母さんが凍りつく。

はあ⁉　エリノラ姉さん信じられない！　弟を庇うとかないの？　すぐに弟を売ったよ。

「そうなの？　アルフリート？」

エルナ母さんが不気味な笑顔でこちらを覗き込んでくる。

怖い。いつも通りアルって呼んでよ。

「いや、これはエリノラ姉さんがここで遊ぼうって」

「あたしは止めときなさいって言ったんだけどね……」

「それ逆！　それ逆！　壊したのは俺だけど」

「……アルフリートが壊したのね？」

どうやらエルナ母さんにとっては、誰がコップを壊したかが問題らしい。

「……はい、ごめんなさい」

「ちょっと外に出て反省しなさい。いいって言うまで入っちゃ駄目よ」

「はい」

反論は許さない。雰囲気で静かに怒るエルナ母さん。

こうして俺は屋敷の外に放り出された。

やんちゃだった前世の中学生の頃を思い出す。

廊下に立たされているのが恥ずかしいから、時計を弄《いじ》っているふりをして、必死に人を待っているように誤魔化していたな。懐かしい。

日が暮れると、エルナ母さんがドアを開けてくれた。

「何か言うことがあるんじゃないの？」

ふむ、中へと入れてくれるんだね。

「入ります！」

「違います！」

再び閉じられるドア。

え？　何で？

俺の疑問には誰にも答えてくれない。

二階からはシルヴィオ兄さんが、哀れむように俺を見下ろしていた。

ハンバーグとミーナ

I want to enjoy slow Living

トントンと屋敷の厨房に軽快な音が響きわたる。

バルトロが慣れた手つきで仕入れたばかりの玉ねぎをみじん切りにしていく。

そして、みじん切りにした玉ねぎをフライパンで飴《あめ》色になるまで炒める。

俺は、牛肉七、豚肉を三の割合で混ぜた肉を、両手の包丁でリズムよく叩いていく。

「そんなに肉を叩いて、本当に大丈夫なのか？」

玉ねぎを炒め終わったのか、バルトロが肉を覗き込む。

「大丈夫だよ」

「そうか」

俺が今作ろうとしているのは、ハンバーグだ。この料理は、下ごしらえに少々の手間がかかるものの、柔らかいために非常に食べやすい。子供から大人まで大人気な上に、咀嚼《そしゃく》力の低い老人でも食べられる優しい料理だ。

ハンバーグ万能。本当に凄い。

挽き肉ができ上がると、炒めた玉ねぎが冷めるのを待ってから、肉に玉ねぎ、パン粉、溶き卵、塩、胡椒を加えて手で混ぜる。このパン粉はパンを氷魔法で冷凍してから削り、カラ煎りしたものである。

ポイントとしては、炒めた玉ねぎが冷めるまで氷魔法で作った氷を入れたボウルに、肉が入っているボウルをのっけて冷やしておくことだ。

さらには、混ぜる時は手を水で少し冷やしておくことだ。

これは手の温度で、肉の脂が溶け出して、パサパサにならないようにするためだ。

肉に粘りが出るまでこねてから、ハンバーグを作ると聞くと必ず皆がイメージするであろう伝説の技を繰り出す。

これた種を左右の手で十回ほど投げ合う。まさにオカンの技。これをすることによって、ハンバーグ内の空気が抜けて、焼いた時に割れにくく綺麗に仕上がるのだ。

結婚してお嫁さんができたら、キッチンでエプロンを着けて是非ともやってもらいたい。

そしてそれを眺めたい。

「おい坊主。顔がだらしねぇぞ」

「はっ！」

おっと、いかんいかん。今は料理中だった。俺は慌てて顔を元に戻す。

前世で高校生の時に、家庭科の授業でこの技をやったら手でキャッチし損ねて、隣にいた友達に当たってしまった。

あの時の、エプロンにこびりついた種が、今でも鮮明に思い浮かぶよ。

そう、まるでゲ……いや、何でもない。忘れてください。とにかく油断するなってこと。

油をひいて熱したフライパンで片面から焼いていく。焼く前に、種の真ん中を軽くへこませる。ハンバーグは焼くと全体的に脹《ふく》れ上がる。真ん中は特に火が通りにくいので、へこませることで均一に火が通るようになるのだ。ちなみにハンバーグを焼く時の火加減は中火だ。弱火だと火が通らず、強火だと表面が焦げてしまうのだ。

片面が焼き上がると、裏返してから少量の水を加え、蓋をして蒸し焼きにする。中まで火が通ったら完成だ。

「できた！」

「おー！　すげぇいい匂いだな。厨房の外まで匂いが漏れていそうだな」

「多分漏れてる」

その証拠に厨房の開いたドアからは、ひっそりと顔だけを出したミーナの姿が見える。

「汚ねぇな。よだれが垂れてやがる」

「なんかハァハァ言ってるよ」

恐らく必死にハンバーグの匂いを嗅ごうとしているのだろう。大きく息を吸い込んだり吐いたりする音が聞こえる。

「きっとハイエナだよ……残り物を狙ってるんだよ」

「ハイエナが何かは知らないが、狙っていることは俺にもわかる。あれはオオカミの目だ」

「あれは放っておこう」

「そうだな。砂糖じゃないなら大丈夫だろう」

ミーナからの舐めるような視線を無視して、俺とバルトロはハンバーグを食べる準備をする。

「はうぅ」

食器を用意する音だけが響く中、弱った犬のような声が聞こえた気がした。

何も聞こえない。これは幻聴なんだよ。

「さあ食べよう！　バルトロ」

「お、おう」

バルトロはミーナの視線が気になるのか、居心地が悪そうにしている。

「うん、美味しい。まさにハンバーグだよ」

硬すぎることもなく柔らかすぎることもない。肉の中まで火がしっかりと通っており、切り口から覗く断面は美しい茶色になっている。そこからは濃厚な肉汁がトロリとしみ出す。

「すっげぇー、柔らけぇ肉だ。それにこの肉汁……」

バルトロはモグモグと口を動かして咀嚼《そしゃく》する。

「はわわわ」

ミーナはいつまで見てるんだ？　仕事はどうした。

「問題ないね。このまま作って練習しようか」

「おう、さっそく作ってみようぜ。チーズとか入れると美味しくなりそうだな！」

「わお！　バルトロ冴えてるね。チーズとか入れるのもオススメなんだ。あとは玉ねぎの代わりに、ニンジンやキノコなんかもいけるよ」

うんうんとお互いに頷く。

「でー、この一個余ったハンバーグはどうするんだ？」

「………っ！」

バルトロはフライパンに残ったハンバーグを指す。

確かに。これからさらにバルトロの練習のために味見をする以上、あまり食べるわけにはいかない。

これ以上食べると六歳児の俺には夕食に響く。

バルトロならもう一個食べることも余裕だろう。しかし、バルトロはドアの方をしきりに気にしている。

「じー……」

「坊主、ミーナにあげていいか？」

「俺はこれ以上食べると夕食に響くからいいよ。ミーナに分けてあげて」

「ふゎぁ！」

バルトロが「ミーナに」と言った辺りで、ドアの方から歓喜の声が上がる。

「アルフリート様、これ食べていいんですか？」

「いいよ」

「ありがとうございますー！」

ミーナはパアッと花開くような笑顔になる。

そのままミーナはドアから中に入ってきて、ハンバーグを皿に盛り付けるバルトロを待つ。

その手にはすでに行儀よく、ナイフとフォークが握られている。

「ハンバーグ♪　ハンバーグ♪」

ハイエナさん、長い間ドアの後ろで粘ったかいがありましたね。

「ほらよ」

綺麗に野菜とハンバーグが一緒に盛られた皿を、バルトロから受け取るミーナ。

今回はソースをかけていない。

ミーナはハンバーグを潤んだ瞳で見つめて、じっくりと匂いを嗅ぐ。

「はあー……匂いだけで幸せですよ」

「なら、もういらない？」

「そんなことありません！　……失礼しました」

「う、うん。ごめん」

ミーナはシャッ！　とナイフとフォークを構えてハンバーグを食べようとする。

ナイフがゆっくりとハンバーグの柔肉へと迫る。

「何かいい匂いがするわねー？　アルが何か作ったの？　あたしにもちょーだーい？」

しまった！　モンスターがハンバーグの匂いに釣られてやってきてしまった。

「ふぇっ？　私のハンバーグが無いですよ！」

「エリノラお姉様。今日のメインメニューはハンバーグにございます」

「えー！　そんなー！」

俺はミーナのハンバーグをかっさらい、最も優先されるべきお方に献上する。ナイフとフォークも献上するのを忘れてはいけない。

すまないミーナ。世の中とはこういうものなんだ。下の者は、ただただ上の者に搾取されてしまうのだ。何て残酷な世界。

「わあー！　また美味しそうね！　エルナ母さんと一緒に食べてくるわね」

「後に感想を頂けると嬉しゅうございます」

「んー。いつもありがとね」

「勿体なきお言葉」

下がれ。という手振りで俺を下がらせ、厨房から退出していくエリノラ姉さん。

「ごめーんミーナ。エリノラ姉さんに取られちゃった」

「……うううぅぅ」

ミーナは悲しそうに目を伏せる。まるで餌を取り上げられた犬みたいで、ちょっと可愛い。

「おめぇ、身の振る舞いの切り替えが激しいのな」

「貴族だからね。でも貴族である前に弟だから……弟だから」

大事なことだから二回言った。

「今からまたハンバーグを作るから待ってな」

バルトロは俯《うつむ》くミーナの肩に手を置いて笑う。俺にはバルトロの歯がキラーンと輝いていたように見えた。

「はい、待ってます！」

何かいい感じの雰囲気だね。もういっそのこと二人ともくっついちゃいなよ。

「ねえミーナ？　いつまでサボってるのよ」

ミーナを探しに来たのか、厨房にメルが入ってくる。

「あ！　メルさん！」

「あ！　メルさん！　じゃないわよ。いつまでサボってるのよ。廊下の掃除が終わってないでしょうに」

「え？　いや、でもこれから……」

「いや、でもじゃない！　ほら行くよ」

「え？　ちょっと！　あっ！　ハンバーグぅうぅぅ！」

メルに襟を掴まれてずりずりと引きずられていくミーナ。悲痛な叫び声が痛々しい。

「あー、できたらまたあとで呼んであげるから」

「本当ですね？　絶対ですよー！」

その言葉を最後に厨房から退場する二人。

その日ミーナは、結局ハンバーグを食べることができなかった。

その後に、空になった皿を持ったエリノラ姉さんとエルナ母さんがやって来たがために。ハンバーグがお気に召した様子で、ミーナの分など残るはずもなかった。

辛い辛い

I want to enjoy slow Living

もうすぐ麦の収穫時期ということもあり、どことなく浮き立った空気を醸し出しているコリアット村。

麦が青色からじょじょに黄金色に変わっていく様子が、人々の期待を一層高める。

今年も、僕の夏がやってきた！

去年の十月に麦の種をまき、今年の収穫は八月から九月だ。

この世界にも四季はあり、気候は日本に近い。春には色鮮やかな花が咲き、夏には気温が高くなり、秋には紅葉もする。冬には僅《わず》かだが雪が降ることもある。

季節の移り変わりは、時間が過ぎたことを実感させてくれるものだ。

男性は、だぼっとした麻の布で作られた上着と長ズボンを。

女性はワンピースのような服を着ており、胸元もしくは腰を紐で縛っている。ゆったりとした作りのせいか、たまに目のやり場に困ることがあるが、あれはあれですばらしいと思います。

夏と冬で服装が変わらない村人もいるが、あれはどうなっているのだろうか。特にローランドのおっさんとか。

さて、しつこいようだが季節は夏。そして今日は、村に裏切り者がやってくる日だ。

裏切り者は、一時は俺とバルトロと志を同じくした者であった。過去形。過去形だよ。

裏切り者には死を。目にものを見せてやる。

お昼を過ぎた頃に、そいつはやってきた。サーラに呼ばれて、俺とバルトロはそいつを庭まで迎えに行く。

玄関から出ると庭には大きな馬車が三台並んで停まっている。

俺はその馬車の数に驚いた。去年そいつが来た時は、せいぜい馬車が一台にお手伝いが二人、傭兵が二人くらいであったというのに。

コリアット村で商売をする分の馬車もあるのか、庭とは別に屋敷の外からも馬車を引く馬のいなき声が聞こえてくる。

「今年もやってきたッスよ！　アルフリート様！」

そいつは両手を大きく広げて、馴れ馴れしくも再会を喜ぶ。

なるほど。メイドにチクったことをこいつは忘れているようだ。

「やあトリー。今年もよく来てくれたね。（訳：よく俺達の前に顔を出せたな）」

「会えて嬉しいぜ！　トリエラ！（訳：てめぇの面をボコボコにできる日を待ってたぜ！）」

「そ、そうッスか？　オイラも嬉しいッスよ」

俺達の黒いオーラを感じたのか、少し警戒をするトリエラ。

さすが商人。勘が鋭い。しかし、自分の過ちを理解していないとは浅はかなり。

「ここまで遠かっただろう？　屋敷に入りなよ」

俺がそう言うと、バルトロがドアを開けてトリエラを屋敷へと招く。

凄いよバルトロ。素早く主人の考えを読み取り、流れるように動く姿は執事みたいだ。執事なんてうちにはいないから、実際には知らないけど。

うちの唯一の男は、ここにいる料理人兼使用人だし。

「へ？　それじゃぁ、お邪魔するッス」

いつもより俺達が丁寧な分、警戒させてしまっただろうか。

こういうのは、いつもメルとかサーラがやってくれるしな。

トリエラは俺達とドアに視線を向けて、少し躊躇《ためら》いながらも屋敷へと入る。

裏切り者には死を。

◆

トリエラという男は、俺が生まれる前ご贔屓《ひいき》にしていた商会の後継ぎだ。主に小さな村を相手に商売をしている。

それまでは、トリエラの父親が商売をしていたようだが年をとり、腰を頻繁に痛めるようになり息子であるトリエラへと事業を引き継いだ。

トリエラは父親とは違い、口調が凄く軽い。語尾には必ず『ッス』っと付き、頼りない一兵卒のようだ。

歳は二十二歳。癖のない金髪をしていて、瞳の色は緑色。顔は平たい方で、カッコいいというよりも、どちらかというと可愛い顔をしている。

昔は地味っぽい村人のようなだぼっとした格好だったのだが、今は上等な白いシャツに緑色の上着。しっかりとした黒のベルトに、緑色の七分丈くらいのズボンを穿いている。

恐らく、俺の考えたリバーシやスパゲッティをうまく使って儲けたのであろう。

トリエラは見た目こそ頼りなく、三歩歩けば何か忘れてしまいそうな顔だ。

それに語尾のせいで『ッス！　ッス！』と鳴く鳥っぽく思える。

それ故に、俺はトリエラのことをトリーと略して呼んでいる。

しかし、トリーの勘は鋭い。セリアさんに出会うなりこの言葉である。

『この村の女性はなぜか敵に回すと大変なことになりそうっス！』

一発で気付くとは……トリーのくせに。相当の修羅場を潜り抜けているに違いない。王都には策謀に生きる貴族達がいるとの噂も聞いたことがある。王都……恐ろしいところだ。

さらに、トリーが口に出す発想はとても斬新で、思いもよらない提案もする。

それを見込んで俺は　リバーシの販売権利も売った。

トリーの父とスロウレット家は昔からの付き合いで、信用もできるので問題はない。

まあ、俺自身が商売をして成り上がる気もないから、別にいいんだけどね。

転移魔法で食材をあちこちにお届けするだけで、お金は十分に手に入るよ。

「いやー、リバーシのお陰で俺も王都に商店を出すことができたッスよ」

トリーが応接室に着くなり、ドサッと椅子に座り大きく伸びをする。

「トリーがリバーシを効率よく売って広めているお陰で、こっちも儲かっているよ。村も豊かになるし」

ちなみにリバーシの売り上げ代はスロウレット家の家計へと組み込まれており、どれくらい入っているか俺は知らない。

でも、村や屋敷で砂糖や塩がたくさん仕入れられるようになったので、相当潤ってきているのだろう。

ウシやニワトリも仕入れて村人に育てさせているし。きっとトリーの方もすごく儲かっているだろうな。

「アルフリート様は昔からのお得意様ですし、リバーシの件もあるッスからね。これからも末長くお付き合いしたいッス！」

トリエラとスロウレット家はｗｉｎｗｉｎの関係だね。アイディアを出すだけでうまく売ってくれるから、これからもお願いしたいよ。

だけど、前回の俺とバルトロへの裏切りはいただけない。

トリーが砂糖などの甘味の在りかを女性陣にチクったせいで、俺とバルトロの甘い料理生活はへし折られ、苦い一週間を過ごすことになった。

トリーには同じく苦い思いをしてもらおう。

絶対に許さないんだからね！

「さて、それでは商談といきたいッスけど、長旅のせいで水浴びをしてなくて……」

この世界にはホテルなぞあるわけもなく、旅の途中で水源地がなければ、ずっと水浴びができないこともある。

村を通れば野宿は避けられるがお風呂なんてものはない。快適な環境で育った日本人の俺にとって、この世界での長旅は厳しそうだ。まあ、苦労を上回るほどの利があればいいんだけれどね。美味しい食材があるとか。

「確かに、急いでるわけじゃないしね。お風呂に入っておいで。準備はしてあるから」

「さすがッスよ～アルフリート様。ここのお風呂って、王都の高級宿よりも凄いんッスから最高ッスよ！」

トリーは元気に椅子から立ち上がり、顔をほころばせる。

風呂でいたずらでもしてやるか。

「あっ、そういえばアルフリート様が言ってた、コメ？　ってやつが――」

「ちょっと！　座って話聞かせろ！　ほら早く！」

米？　米だと！？

「う、うッス」

俺の剣幕に少し引いているけど気にしない。米のためなら変態って言われてもいい。

「で？　持ってきてるのか？」

「え、えー。少しだけしかないッスけど」

「何百キロ？　トン？　それでも足りるかな……」

日本を代表する主食。日本人のソウルフードとも呼ばれるお米。

ついつい、この世界でも気が付けばご飯に合う食材を探してしまうほど。

しかし、そんな我々日本人が一年間にどのくらいお米を食べるのか、知っている人は少ない。

一年間に俺達が食べる量は一人あたり米一俵分。

お米一俵は六十キロ。

この数字は、地球での生活上だからここでは当てはまらないと思うが、大体は六十キロか、個人差があっても八十キロほどだろう。

六歳児の俺が食べるにしろ、四十キロほどは欲しいところだ。

当たり前だが、お米は田んぼで作られている。

では、自分ひとりが食べるお米はどのくらいの広さの田んぼがあれば作れるのか。

お米を作る上でいわれる単位が、一反歩《たんぶ》。

一反歩とは、31・5メートル×31・5メートルの999・25平方メートルのことだ。

この一反歩から、豊作であれば八～九俵くらい取ることができる。

つまり、一反歩の田んぼで、七～八人の一年分の胃袋を満たしているわけだ。

具体的な広さで言うと、テニスコートの半分くらいの広さで一人が一年で食べる量を収穫できるのだ。

「えーとアルフリート様？　聞いてるッスか？」

「おっと、悪かった。少し考え込んでいた」

「尋常じゃないくらい真剣な顔だったッスよ」

「で、量は？　一トンか？」

「いやさすがに無理ッスよ。何とか貰ったのは百キロほどッス」

「少ない！　二年も持たない！」

「いや、また手に入れて持って来るッスよ？」

「トリー……君に会えてよかったよ。ほら、お風呂に入っておいで。その後は、キンキンに冷えたエールとハンバーグをご馳走してあげるよ」

多分この瞬間の俺は、この世界に来て一番いい笑顔をしているに違いない。

もう裏切りとか、そんな小さいことどうでもいいかも。米さえあれば皆幸せ。戦争だって無くなるよ。

「う、うッス。ありがとうございますッス。ご期待にそえることができて何よりッスよ」

満面の笑みで廊下を歩く俺の後ろには、苦笑いをするトリーが歩く。

「ほらほら、飴でも舐めなよ」

「ん？　何ッスか？　これ？」

「舐めると甘くて美味しいよ。疲れがとれると思うから舐めるといいよ」

俺は笑顔で紙に包んだ飴を一つ渡す。新しく開発したもので、氷魔法で冷やしてあるから夏でも溶けないよ。

「ありがたく頂くッス」

パクリと飴を口に入れ、目を丸くして喜ぶトリエラを見て、俺は満足げに笑った。

◆

我が同志へと返り咲いたトリーを、丁重にお風呂へと案内したら、今回の計画の協力者の待つ厨房へと行く。

んー、米を持って来たから仕返しとかやめてあげて？　とかでバルトロは納得するかな？

一番大変だったのはバルトロだし。

「アルフリート様」

「ん？　何？」

廊下を歩いているとミーナが後ろから俺を呼び止める。

いつものアホっぽい声ではないな。

「先ほどトリエラ様から、アルフリート様が甘味をお持ちになられていると耳にしたのですが」

駄メイドじゃないモードに入ってる！　これはマズイ。

「それが、もう無くなっちゃって――」

「そうですか。ではエリノラ様にご報告をーー」

「ジョークジョーク！　嘘！　冗談！　悪ふざけだよ！　ミーナ！　飴ならここに三つほど残ってるよ！」

クルリと踵を返すミーナに駆け寄って、飴を三つ差し出す。

ミーナはそれを見ると、顔を僅かにしかめる。『しけてんなぁ』とか思ってそうな顔だ。

「アルフリート様」

「はい？」

「跳ねてみてください」

「ん？」

ピョンピョン。カチャ、チャリ、ガサ。

「……まだありますね」

「あ、はい、すいません。これで最後です」

ミーナは飴を受け取るなり一つを口に含むと、顔をどうしようもないくらいにとろけさせて去っていった。

「カツアゲだよこれは！」

俺の被害現場を見た者は誰もいなかった。

再びトリエラへの怒りが込み上げてきた。余計なことを言うから、俺がカツアゲにあってしまったよ。ミーナってメイドだよね？　俺ってば貴族だよ？　どうしてこんなことに。いやメイドである前にミーナは女で、貴族である前に俺は男だったか……。

「おー、坊主。ちょうどアカラの実をたっぷりと練り込んだハンバーグができたぞ！」

アカラの実とは、少し萎《しぼ》んだプチトマトのような形をした凄く辛い木の実。少し料理に加えると
ピリッとしていい酒のつまみにもなるが、量を間違えるとどんでもなく辛い。

今回はトリーにそいつを食べさせてあげようと思っていた。

「アカラの身じゃ駄目だよ……」

「お？　どうしたんだよ？　坊主が言い出したことだぜ？」

「アカラの実一つ混ぜ込んだハンバーグじゃ足りないよ！　トリーのせいで、新型の例のもの、飴
がミーナにばれたんだ！」

「な、何だと⁉」

バルトロは愕然《がくぜん》とした表情で俺を見つめる。

すまないバルトロ。アイツに少しでも気を許したのが間違いだったのかもしれない。

トリーめ！

「……それじゃあ、アイツにはこんなハンバーグじゃ生温《なまぬる》いぜ。アカラの実をもっと混ぜ込んでや
る！　それにキノコもとびっきり辛いやつにしてやる！」

バルトロは表情を怒りに変えて、きびきびとした動きでまたハンバーグを作る準備をし出す。

バルトロはさらなる辛さを目指すようだ。

食べ物がらみの恨みは恐ろしいんだよ。それにしても、この残ったハンバーグどうしよっかー。

厨房台には試作品のハンバーグが皿に盛り付けられている。

アカラの実の特徴である色の赤みを見せないために、ニンジンで偽装して、なかなかの違和感の無さだ。

後でシルヴィオ兄さんにでもあげるかな。

そう思い、ハンバーグを台の端に一旦よけて俺は料理へと取りかかった。

新たに混ぜ合わせたハンバーグの種ができると、次々と焼き上げる。

「わあー、いい匂い！　ハンバーグね！　私これ好きなのよ～」

すると、またいい匂いに釣られたのかエリノラ姉さんが厨房へと入ってくる。

嗅覚の良い姉だ。エリノラ姉さんは犬なのか？

「ごめん、ちょっと今ハンバーグ焼いてるから」

もう少しで焼き上がりそうなんだ、目が離せない。これでも肉にはうるさいんだよ。

「ふーん、つまんないの。ちょっとお腹空いたから少し食べていい？　朝は剣の稽古だったし」

真剣な俺を見て、構ってもらえないとわかったのだろうか。エリノラ姉さんはつまらなそうに台へと肘を付く。

「んー？　それならそこに焼き上がったハンバーグがあるから食べていいよ」

「アルが作ったやつ？」

「うん、そうだよ」

いいから早く食べて。そしてさっさと退場してもらいたい。

「じゃあこの端っこに置いてあるの貰うねー」

「はいはい。どうぞどうぞ。可愛い弟である、アルフリートが日頃の感謝を込めて作りましたよ」

「お、おい、坊主。端っこのって……」

「……ん？　端っこ？　え？　あ！　ちょっ――」

エリノラ姉さんはこちらの返事を聞く前に、行儀悪く手で直接ハンバーグを掴み、口に入れる。

「辛あああああぁぁぁぁぁい！　わー！　いーー！」

エリノラ姉さんは大きな悲鳴を上げ、ヒステリックな声で喚き続ける。

何て言ってるかわからないけど、大変怒ってらっしゃるのは、よーくわかる。

水や、他の食べ物を手当たり次第に口にして五分ほどするとエリノラ姉さんはようやく落ち着いたのか、赤くなった目で俺を睨み付けた。

まだ舌がヒリヒリするのか呼吸が辛そうだ。

「なるほど、アルの気持ちは、よーくわかったわ」

いい笑顔なのがとても怖いです。あれかな？　やっぱり、エリノラ姉さんはエルナ母さん似なのかな？

「いや、その……あれは……俺にとってエリノラ姉さんは人生のスパイスと言うか、アカラの実と言うか……あ、そうだ！　俺にとって辛辣《しんらつ》な人なんだ！」

逸らしていた視線を元に戻してエリノラ姉さんを見る。

その瞬間、俺の口にハンバーグがねじ込まれた。そして俺の口内はアカラの実で蹂躙《じゅうりん》された。

その後のことはよく覚えていない。

気が付くと時刻は夜で、ベッドの上で寝ていた。

あの時、余計なことを言わずにさっさと土下座をすればよかったと思う。それでも許されるかはわからないけど。

ピクニックに行こうよ

いつも通りに剣の稽古をこなして、井戸の水で顔を洗う。冷たい水が肌に張り付いた汗を流してくれて気持ちがいい。だけどこれが冬ともなると、地獄のような冷たさになり触れることさえためらってしまう。恐ろしい変化だ。

顔を洗い終わると、顔を拭く布を忘れたことに気付く。近くを見回してみるが、あるはずもなかった。

「はい、お顔を拭く布です」

スッと布を差し出してくれたのは、メイドのサーラ。俺が赤ん坊の時から世話をしてくれているメイド。俺が赤ん坊の時は、十六歳だったそうで、六年たった今では二十二歳。顔から幼さも抜けて、楚々《そそ》としたメイド姿が堂に入っていて美しい。長い艶やかな黒髪は、道行く人を振り返らせるに違いない。

黒髪が基本の日本人であった俺からすれば、懐かしくてついつい見つめてしまうこともある。その姿がたびたび他の人に見られていたようで、エルナ母さんに『サーラのことが好きなのでは?』と容疑をかけられたこともある。

まあ、小さい子供が身近にいる綺麗な年上の女性に惹かれるのはよくあることだ。

確かにサーラは綺麗な女性だ。だけど精神年齢三十三歳の俺からしたら、恋愛なんて始まるのは十年は先だろうという気持ちだ。六歳児の体か、おっさんの精神のどちらが冷静に判断しているのかはわからないが。

エルナ母さんにはこう答えた。

『黒髪が好きなだけだよ』

六歳児が急に黒髪が好きと言って変に思われたかもしれないが、気にしない。

目を丸くするエルナ母さんの後ろで、エリノラ姉さんが前髪をいじっていたのも気にしない。

やっぱ黒髪だよねー。うんうん。

男性は清楚なイメージの女性が好きな人が多い。黒髪には、日本人本来の美しさがあるから、本能的に惹かれるのかな?

中でも長いストレートヘアが好きなのはツヤがわかりやすいからか。

男性はストレートヘアや車のツヤみたいな一点反射が好きって聞いたことがあるし。逆に女性は乱反射ラメやパーマヘアが好きみたい。

しかし茶髪も悪くない。明るい印象になるし、服との相性もいいしね。女の子の友達も黒髪は服と合わせるのが大変と言っていたくらいだ。

だけど、そのせいで茶髪だらけになってしまった日本は残念に思えたよ。

茶髪が悪いとか遊んで見えるってことじゃないよ? あれはきっと、不良とかヤンキーとかのイメージが抜け切らないだけだよきっと。

中学や高校で髪の毛の校則が厳しいのは、校則を破ってまで、髪の毛を染める学校や組織への反抗心が強い人を炙《あぶ》り出すためなのかもね。

「ありがとう。サーラ」

「いえ」

今日もサーラの黒髪は綺麗だ。

◆

バルトロに昼食はいらないと告げて、自分の部屋から森の近くにあるマイホームへと転移する。

今日は天気がいいしピクニックにでも行こうと思う。そのために今お弁当を作っている。

ここでは最近、ローガンに作ってもらった羽釜のお陰でお米を炊くことができるようになった。

そのせいか、キッチンの一部が昔の土間のようになってしまった。これはこれで和風っぽくてありだけど。細かいところは土魔法で調整した。

スイッチひとつで炊き上がる炊飯器とは違うので、なかなか大変だった。

かまどに薪を入れて火で炊くのは大変。何より火加減が難しい。火加減を習得するためにバルトロに教えてもらいながら何日も薪を燃やして練習したものだ。ガスコンロというものがいかに偉大かわかる。

火加減の調節自体はできるようになったものの、肝心のお米を炊く時のちょうどいい火加減が俺にはわからなかったので、苦労した。

試行錯誤した末に何とかいい仕上がりになる火加減を見つけることができた。

はじめは弱火、その次は強火で炊き、その後少し火を弱める。そしてまた強火に戻し、最後は火を止めて蓋を取らずにむらしておく。

これでいい感じのご飯が炊き上がる。ここにたどり着くまでいくつのお米さんがべシャべシャになったり焦げたりしてしまったことか。

空腹を我慢してすでに慣れつつある作業でお米を炊き上げる。

「うん、お米が立ってる」

ご飯の炊き上がる湯気にあてられながら俺は頷く。

塩結びをいくつも作り上げ、葉っぱで包んでいく。そして空間魔法で亜空間に収納する。

これでいつでもアツアツのおにぎりが食べられるのだ。

「……俺の目指す豊かな生活の目標へ一歩近付いたよ」

今日はローガンの家におにぎりを持って行って、それからピクニックに行くつもりだ。

かまどを造ってくれたローガンにもお米の良さを教えてあげなきゃ。卵焼きを一発で気に入ったローガンなら、お米との相性もわかってくれるだろう。味噌《みそ》汁がないのが悔やまれる。そうだ、味噌も探さないと。この世界に大豆が存在するかは不明だけれど、お米があるのだ、大豆だってきっと見つかるさ。大豆のためならば領地を出ることもやむを得ないかもしれない。

醤油に味噌。それらがあればどれほど幸せか。

これからの和食工場計画を考えながら、俺はローガンの家へと向かった。

村から少し外れたところにある、自警団の訓練に使う広場では、エリノラ姉さんが元気に木刀で自警団の隊長と打ち合っていた。

隊長を応援する声と、エリノラ姉さんを応援する黄色い声が離れた場所にまで響いている。俺はそれを横目に見ながら道を通り過ぎた。

今日もエリノラ姉さんは元気そうだ。

◆

「ローガーンさーん、ご飯だよー！」

俺はローガンの小屋の扉をドンドンと叩く。ここらへんには誰も住んでいないし近所迷惑にもならないので遠慮なく大声で。作業音も聞こえないし大丈夫だろう。

ドアを叩き続けると、ローガンが出てきた。

「やめないか！　誰かが聞いてたらどうする」

「えー？　誰も聞いてないって」

「この村は狭いんだ。いつ誰が聞いて誤解するか」

「いや、自意識過剰な女子高生かよ」

「何だって？　じょしこ、うせい？」

聞いたことがない言葉を聞いて、ローガンが変なところで区切った。ちょっと発音が面白い。

「あー、ほらほらお米持ってきたよ」

「おう、これか。このためにわざわざ来たのか？」

「いや、一応これからピクニックに行くんだ」

「そうか。これは後で食わせてもらうよ」

バカな！　ホカホカのおにぎりをすぐに食べないだと⁉　今食べないで後で食べるとかあり得ない。それは愚かな行いだ。ローガンは実は大食漢だから、食べられないわけがない。

今食べない理由……。

「それはつまり、ローガンも俺とピクニックに行くと⁉」

「行かねえよ。どうやったらそういう考えになるんだよ。仕事があるだけだ」

「えー、つまんないな」

「じゃあな、ありがとよ。また今度感想を言う……」

ローガンはガチャンと音を立ててドアを閉める。

俺はすかさずドアに耳を当てる。ほかほかのおにぎりをすぐに食べないなんてあり得ない。ローガンはツンデレだから『フン、一個くらい食べてやるか』とか言って食べるに違いない
「……腹も減ったし一個くらい食べるか」

本当に似たようなこと言っちゃってるよ。

ローガンの予想通りの行動に苦笑いしつつ、ドアから離れる。

「ちょっと待て！」

いつのまに出てきたのか、ローガンが後ろから俺を引き止める。

「ん？　何？」

「これはセリアの食堂にあるのか？」

「えー？　何？　もうおにぎり食べちゃったの？」

ローガンは視線を逸らしながら小声で話す。

「あるのかと聞いている」

もー、素直に『美味しかったです。セリアの店で食べられるんですか？』と聞けばいいのにー。

丁寧に頼むローガンを想像してみた。何やら胃から酸っぱいものがこみ上げてきた気がする。うぇぇ。

「まだ屋敷に少ししかないから、出回ってないよ」

「そうか……卵焼きに合うはずなんだが……早くたくさん食べられるようにしてくれ」

さすがローガン、わかってるね。

すぐに卵焼きとご飯の相性を見抜くとは。

美味かったと一言残して、再びローガンは小屋へと戻った。

……男のツンデレは需要があるんですかね？

優しいお姉様

I want to enjoy slow Living

ローガンの小屋から離れて、村へと来た道を戻る。

転移魔法があるから、歩かなくてもいいじゃないか、などと思うかもしれないが、今日はせっかくのピクニックなのだ。歩くことに意味があるのだ。転移なんて野暮だよ。

しかし、一人っていうのが少し寂しい。やはり、ローガンを連れて行くのは無理なのだろうか。

今からでも戻れば、『仕方がない奴だな』とか言って何だかんだ来てくれるような気もする。

そういえば俺、よく考えたら同年代の知り合いや友達がいないぞ。これは寂しい。こういう時に、一緒に楽しく時間を共有できる友人が欲しいものだ。これからは、もっと村に遊びに行こうかな。


こんなことなら、シルヴィオ兄さんでも連れてくればよかったかな。景色の良い場所で本でも読もう、とか誘ったら来てくれそうだ。

先ほど通った自警団の演習広場には、誰もいなかった。今日の訓練は終わりなのかな。

今日も賑わう広場を通って山を目指す。

「あら、アルフリート様。こんにちは」

「こんにちは、お姉さん」

「やーね、私はもうそんな年じゃないよ」

「そんなことないですよ」

「こんにちは、今日はどこ行くんですか？」

「ちょっと山に遊びに行くよ」

「気を付けてくださいね」

村人達からの挨拶に返事を返しながら進む。

「あ、七不思議のおにいちゃん！」

「こーら！　指をさしちゃ失礼でしょ」

「はーい」

え？　今なんて言った？　それと、叱るところは指をさすことだけじゃないと思うんだけど。

振り返ると、母親が苦笑いをしながら頭を下げる。

七不思議って何だろう。学校の怪談みたいな？　ちょっとそこんところ、あの親子とゆっくり話し合いたい。あ、もういないや。

「あら、アルじゃないの。今日は何してるの？」

「え？　この子がエリノラ様の弟のアルフリート君ですか？」

「え？　本当ですかー？　いつもエリノラ様がお話ししている？」

げ！　エリノラ姉さんと遭遇してしまった。しかも今日は見慣れない同年代らしき女性を二人も連れている。

「私の名前はエマです。よろしくお願いしますね」

エマと名乗る、青みがかった髪をした短髪の少女は俺の傍に寄り、綺麗な青い瞳を俺の視線に合わせてくれる。

スラッとしている手足がとても綺麗で、優しそうなお姉様だ。きっとこのエマお姉様なら俺を可愛がってくれるに違いない。

「はじめまして。スロウレット家次男のアルフリートと申します。いつも姉がお世話になっております」

エマお姉様に俺は精一杯子供らしい笑顔で挨拶をする。このくらいの挨拶、会社の営業で何回やってきたことか。

人の第一印象は、「最初の十秒以内に決まってしまう」といわれている。

「こんにちは」『はじめまして！』と、挨拶を交わす間に、脳はその人の印象を決めてしまうのだ。

優しそうなエマお姉様に少しでも媚びをうっておかねば。印象を後から覆すことはとても難しいのだから。

「わー、凄い。さすがエリノラ様の弟様ですね。礼儀正しいですね」

「貴族はこういう教育を受けるから当たり前なのですか？」

「そんなことないわよシーラ。アルがふざけているだけよ」

なぜか機嫌悪そうに、エリノラ姉さんが冷たく言う。

どうしたの？　急にイライラして。まあ、気難しい性格で気まぐれなのはいつものことなんだけどね。

「え？　そうなんですかー？」

茶色い長い髪に、毛先がクルリとしているシーラと呼ばれるもう一人の少女が近付いてくる。歩く度に髪の毛がふわふわと動く。それとは反対に重量感ある胸が凄く重そうに揺れている。

す、すごい。一体あそこには男達の夢と希望がどれだけ詰まっているのやら。神々しいまでに存在感を放つそれに、俺は思わず頭を垂れそうになるが、何とか踏み留まる。

慌ててエリノラ姉さんを見ると、少し落ち着いた気がした。

「何か今、アルを無性に殴りたくなったわ」

「え!?　何で！」

「何となくよ」

相変わらず俺の心を見透かすのがうまいお人だ。女性は皆エスパーって聞いたことがあるよ。本当だったんだね。

「まあまあまあ。弟を殴るとか可哀想ですよ」

ドウドウ、と、暴れ馬を宥めるエマお姉様。

ほんまええ人や。俺の本当のお姉様になっていただきたい。

「で、アルフリート様は今日は何してるのですかー？」

空気を変えるようにシーラが柔らかい口調で聞いてくる。

何か天気もいいし眠くなっちゃいそう。

「今日はこれから山に遊びに行くんです」

「あー、山ねー。草原近くの方ですかー？」

「はい、そうですよ」

俺が笑顔で返事をすると、エリノラ姉さんが呆れた声を挟んでくる。

「そんなところで何するの？　また変な家でも造るの？　それとも川で釣りでもするの？」

変な家とは失敬な！　さすがにマイホームをバカにされたら怒っちゃうよ？　エリノラ姉さんに怒ったことなんてないんだけど。

「ピクニック。景色がいい自然豊かな場所へご飯を食べに行くんだよ」

「いいですねー。景色のいいところでご飯！」

何か、意外にもシーラさんが乗ってきた。

「そうですね。今日は天気もいいですし、せっかくですから私達も登りませんか？」

エマお姉様もノリノリのご様子。

「そうね。午後からは何もないし、行きましょっか」

え？　エリノラ姉さんまで来ちゃうの？

「いいけど、セリアさんの食堂で昼食を食べたんじゃないの？」

「私達は朝から訓練していたし、まだまだ食べられるわよ。動けばまたお腹も減るし」

「またまた、そんなに食べたら冬の時みたいに太……」

「はあ？」

エリノラ姉さんの全身から迸《ほとばし》る殺気……っ！

俺にだけ向けられたそれは、俺を包み込むようにして捉える。首筋に直接刃物を突き付けられているような錯覚になり、背筋が震える。

「……」

「……」

「………ふと、動きたくなりますよねー。あはは」

危ない。地雷を踏むところだったよ。つい余計なことを言ってしまうのは、俺の悪い癖だ。気を付けないと。エマお姉様とシーラなんて顔から表情が抜け落ちて能面みたいになっていたよ。

「それでお弁当の方は……」

「アルも持ってないじゃないの。申し訳ないけどバルトロにすぐ四人分作ってもらいましょ」

「嬉しいです。バルトロさんのお料理は美味しいですから」

「ふわあー……」

凄い。お友達がいるせいかエリノラ姉さんが凄く優しい言葉で言ったよ。『申し訳ないけど』だって。いつもだったら俺にパシらせて『バルトロに作ってもらえばいいじゃない。それかアルが作ってよ』とか言うのに。もう、二人ともうちに来てくれないかな？　今ならルンバとシルヴィオ兄さんがセットでついてくるから。シーラさんは食べるのが好きだね？　今なら美味しい料理が作れるバルトロもいるからさ。

「じゃあ屋敷に行きましょう」

「「はーい！」」

こうして四人で屋敷に向かうことになった。

ちなみにルンバといえば、最近は氷魔法で冷やされた俺の部屋が気に入って、まるで避暑地にでも来たかのように満喫している。まあ見てるだけで面白い奴だしいいんだけど。

この前ルンバと将棋をして、勝ったから罰ゲームとして『ウサギ跳びで中庭一周！』と言ったら、手を頭の上に置いて可愛くピョンピョンって跳んでいたよ。あんな巨体で可愛くそんなことをするから大笑いしてしまった。

戻ってきた時に、『何で笑ったんだ？　そんなに可笑《おか》しかったのか？』と聞かれたので、本当のウサギ跳びを教えてやると、ルンバは顔を真っ赤にした。どうやら王都でもこれをやってしまったらしい。何でも師匠であるギルドマスターに教えてもらったとか。

なかなかにバカな奴だが、村の力作業や新しい家の建築も手伝っているらしいので、まだまだこの村にいてほしいものだ。

◆

屋敷に戻りバルトロにお弁当をすぐに作ってもらう。

『やっぱいるんじゃねえかよ』と、文句を言いつつ、てきぱきと四人分のお弁当を作る姿はかっこよかったよ。何だ？　バルトロもツンデレなの？

身の周りのおっさんが急激にツンデレになってきたのを、俺は不気味に思いながらさっさと準備をした。

涼しげな夏

I want to enjoy slow Living

　緩やかな斜面から始まり、段々急な斜面になる山道を登る。

　誰かが定期的に山菜でも採りにくるのか、道はある程度踏みならされて歩きやすい。

　夏特有の青々とした森の中は枝葉が多いせいか陰も多く、暑さに困ることもない。今日は風もちょうどよく吹くので、夏にしては涼しい。日本の気候とは大違いだ。氷魔法も必要ない。というか、ピクニックに氷魔法は何か使いたくない。

　現在の並びは、エリノラ姉さん、エマお姉様、俺、シーラの順番だ。

　エマお姉様が俺のことを気にかけてくれるのが嬉しい。『ここ急だけど大丈夫ですか?』と言って声をかけてくれて、手をつないでくれるほどだ。

　しかし、エリノラ姉さんが『アルも剣の稽古してるから、これくらい余裕よ』と言ってくれたおかげで、エマお姉様の手は離れてしまった。

　うう、何て余計なことを言うんや。エマお姉様の手には木刀を握るタコがあったが、女の子らしい柔らかい手だった。

　エマお姉様とシーラは二年前から自警団の訓練に参加するようになったらしい。エリノラ姉さんが自警団の人達に交じって剣を打ち合っているのを見て、女性でも強くありたいと思ったらしい。

すでに、この村で最強に位置するのは女性なんだけど……。

あれ？　おかしいな。この世界は男尊女卑の風潮だったような……。

「アルフリート様は、今年の春から剣の稽古をしているんですか？」

「うん。毎日じゃないけど、ちょくちょくやらされているんだ。ノルド父さんも、エリノラ姉さんも厳しいんだ」

「あれくらい、普通よ。普通」

「エリノラ様と領主様はお強いですからね。私もいつも簡単に負けてしまいます」

あはは、と頬を掻いて苦笑いするエマお姉様。

「もう、ここらへんで食べましょうよー」

後ろからシーラがお弁当を抱き締めながら呻くように声を上げる。本日この山道を登っていて何回目の言葉だろうか。

「もう少しだから我慢しなさい」

エリノラ姉さんの言葉にシュンとして、お弁当を抱え直す。

見ると、シーラの胸元が大変なことになっている！　抱えたお弁当が胸に呑まれて……消えた？

俺は余りの光景に戦慄を覚えた。

あそこは一体どうなっているんだ。まさか空間魔法？

「こんなにいい匂いしてるのに。まだ食べられないなんて、生殺しですー」

「シーラ、もう少しだから頑張ろ？　ね？」

「うん」

エマお姉様の応援により、再び歩き出すシーラ。

名残惜しくも、俺は前だけを見て山道を登る。

だってエリノラ姉さんの目が怖いんだもの。

◆

「着いたー！」

これといった危険もハプニングも起きることがなく、コリアット村を一望できる高さまでたどり着くことができた。

いや、正確には俺の中では起きた。

俺の中ではシーラが転ぶだけで、もうハプニング扱いなんだけどね。

前のめりに手をつかずに転んだのに、顔を打たないってどういうことよ。あれかな？　車が事故を起こした時自動的に膨らむエアバッグかな？

「お弁当ー！　お弁当を早く食べましょう！」

シーラが俺の言葉を聞くなり、即座に草地に座り込む。

「ここならコリアット村が全部見えるわね」

「エリノラ様の屋敷が一番大きいのでよく見えますね」

「早く！　食べましょうー！」

「全くシーラは食べ物のことになると落ち着きがなくなるんだから」

「普段とは違って、またそこが可愛らしいですね」

うわー、エリノラ姉さんがウフフとか言って、エマお姉様とにこやかに笑ってるよ。何か気持ち悪いね。

「何よ？」

「何でもございません。ここで頂きましょう」

柔らかい草の生えた場所に腰を下ろす。風通しがいいお陰で、登山で火照《ほて》った体を冷ましてくれるように風が吹き、草木が優しく揺れる。

「風が気持ちいいですね」

「じゃあ、食べましょうか」

「はい！」

「うん」

エマお姉様は景色を堪能し、肌を撫でる風に気持ちよさげに目を細める。

が、エリノラ姉さんやシーラは食い気らしく、早速お弁当箱へ手をつける。

俺もエマお姉様もそんな二人に苦笑いしながら、お弁当箱へと手を伸ばした。

そして、皆がお弁当を開けると同時に感嘆の声を漏らす。

「ふわぁー！」

「美味しそうですね！」

「さすがバルトロね」

「……」

蓋を開けた瞬間、黄色一色かと思った。バルトロも、時間が無いとか材料がねえ、とか仕込みがないとか文句を言ってたしな。俺のお弁当の中身だけやたら卵焼きが多い。お昼もとっくに過ぎてたし、最初はいらないって言ってたから仕方がないか。

黄色ばっかりなのも恥ずかしいので、卵焼きをいくつか収納して、密かに亜空間から肉のソース焼き、キノコとニンジンをバターで焼いた残り物などを取り出し、入れ替えておく。

シーラは早速、フォークで卵焼きをぶっ刺して一口で口に放り込む。

「ふわぁー！　とろけそうなくらい、甘くて濃厚な卵焼きです～」

「うふふ、じゃあ私は……この白いのは何ですか？　エリノラ様？」

エマお姉様が、お弁当の白いものを指でさしてエリノラ姉さんに尋ねる。

エリノラ姉さんも気になっていたのか、自分のお弁当の中にある白いものを訝《いぶか》しげに眺める。

「何かしら。私も見たことがないものね。アルは何か知らないの？　作るの手伝ってたでしょ？」

「それはおにぎりだよ。手でそのまま食べられる。塩味がついているけど、お肉と食べると美味しいよ」

「へー。初めて見ました」

「私もよ」

「ふぉひひにぃってひゅうんえふね」

「シーラ。口の中にたくさん入れた状態で喋ったらはしたないですよー」

「はーい」

ゴクリと飲み込んで、柔らかな笑顔で返事を返すシーラ。何か天然というか子供っぽいというか、可愛らしいですね。

「おにぎりってなかなか美味しいわね」

「本当ですか？　……本当ですね！　少しモチモチしていて、噛めば噛むほど甘い味がします！」

「そうね、その通りね」

絶対嘘だ。エリノラ姉さんの頭に噛めば噛むほどとか、そんな感想が浮かぶはずがない。多分何か甘い。何か柔らかいわね。とかそんなところ。

スパゲッティも『なんか面白くて美味しい』とか言ってたくらいだし。

ふと気が付いたのだが、エリノラ姉さんが俺をジトッとした目で見てる。

多分『どうしてもっと早く食べさせてくれなかったの』とかそんな感じの視線。俺は『屋敷でホカホカのおにぎりをご馳走します』とアイコンタクトを送り、逃げるようにおにぎりの話をする。

「温かいともっと美味しいよ」

「そうなんですねー！　バルトロさんが開発した新しい料理でしょうか？」

「うんうん、そーだよ」

もう、それでも何でもいーよ。あんまり広まりすぎて、変な人とか来たら困るけど。

この間ノルド父さんが変な商人を追い払っていたし。リバーシの販売権利はトリーに売っちゃったから、来ても無駄なのに。

まあ、お米に関してはトリエラから取り寄せてもらったほどだから、リバーシのように問題にはならないだろうけど。

そういえば、米を何処で手に入れたのかトリーに聞いていなかったな。

まだまだたくさん残っているけど、今度聞いておこう。

「お魚にも合うよ〜」

シーラも幸せそうに体と胸を揺らしながらおにぎりを食べる。

我思う。コリアット村の至宝がここに在りと。

和やかな食事が終わり、景色を眺めながら木陰で横になって体を休める。

すると、上空に一匹の大きな鳥が飛んでいるのが見えた。

『ふにぃ！　ふにぃ！』

何てアホっぽい鳴き声をした鳥がいるんだ。

気になったので、隣で横になっているエリノラ姉さんに聞いてみた。

「エリノラ姉さん。今の何ていう鳥？　すごく変な声をしてるんだけど」

「あら、聞いたことなかったの？　ここらへんの高い山に住んでる鳥よ。名前はフニィ鳥」

「そのままかい」

「そりゃ、あれだけユニークな声をしていたらねー」

「他に何か特徴はないの？」

「鳥なのに地面を走るわ。よく転ぶけど」

「……変な鳥だね。ところで、いつまで偉そうな声出してんのさ？　家の外ではいつもそんな感じなわけ？」

「後半の言葉は聞かなかったことにしてあげるわ。女性には色々あるのよ」

寝ながら距離を詰めてくるエリノラ姉さんが怖い。

「本当にエリノラ様は、アルフリート様のことが好きですね。登る時もずっとペースを緩めて、頻《ひん》繁《ぱん》に視線を送っていましたし」

腰掛けるのにちょうどいいくらいの石に座る、エマお姉様がにっこりと笑う。

ちゃうで、これ恐喝やで。というかそんなに見てたの？　エリノラ姉さんはいつも俺をよく睨むから、わからないや。

気になりエリノラ姉さんのほうを見るが、すでに背中を向けており表情はわからない。

「そんなことないわ。アルが登るのが遅かっただけよ」

エリノラ姉さんの声は、相変わらず素っ気ないけれど、いつもより柔らかいように聞こえた。

お風呂と鬼と時々走馬灯

I want to enjoy slow Living

麦の収穫が始まり、コリアット村は大賑わい。忙しそうに麦や他の作物を収穫し、楽しそうに家族総出で作業をしている。このうちの何割かは税としてスロウレット家に納められてしまうが、人々の笑顔は明るい。今年は豊作だそうで、村人にも余裕があるそうだ。

豊作じゃなくても、うちでは万が一のために十分に食料を蓄えているから大丈夫だ。凶作の時にはこれを配給して、また作物を育てるのだ。

今は収穫でどこも忙しいのだが、五日後には収穫祭をやるらしい。

毎年、収穫作業の落ち着いてきた時期に行う祭りなのだそうだ。その日から三日間はコリアット村もお祭り騒ぎで、村人皆が集まるようだ。今年は移民者も増えたので、随分と賑やかにもなるらしい。

リバーシ大会、将棋大会もあるそうで、俺も呼ばれている。

スロウレット家では、バルトロが村人に料理を振る舞ったりするので、今やメイド達にも手伝わせて大忙し。数百人分の料理を作るのは大変だろうな。

今回はちょうど村の外からのお客も来るそうで、半端な料理は出せないそうだ。

バルトロが大変そうだ。

そう思いながらも、俺は自分の部屋でぬくぬくと過ごしている。火魔法で火を浮かべていたら勝手に部屋は暖かくなるからね。

部屋が暖かくなったら、さすがに消すけど。

しかし、夏に体が慣れていたのか、秋なのに今日がたまたま寒いのかわからないが、俺には少し肌寒い気がする。

そのため、今日は長ズボンを二枚重ねて穿いている。これで大丈夫。ちょうどいい。

「アルー。剣の稽古の時間よ」

俺がまったりと自分の部屋で寝転んでいると、エリノラ姉さんが部屋に入ってきた。もちろんノックはなし。漫画だと主人公がヒロインにやってしまう定番の行動なんだが、うちにはヒロインはいない。

「えー。今日は寒いからパス」

「駄目よ。ちゃんとやらなきゃ上達しないわよ」

「収穫祭の準備は？　お客さんの歓迎の準備は？」

「大丈夫だから誘ってるに決まってるでしょ。大丈夫じゃなくても、私達だけは稽古するけどね」

「えー」

俺は思いっきり、顔をしゃくれさせてエリノラ姉さんに不快感を示す。

「今すぐそのムカつく顔を止めないと、力ずくで顔を矯正するわよ？」

「すぐに着替えて馳《は》せ参じます！」

俺は、凛々しい顔つきを意識して敬礼をする。

ただでさえ、俺の顔だけ家族でランクが低いのに矯正されたら……あれ？ イケメンになっちゃう？ 駄目だ駄目だ！ そんなことはない。多分顔が腫れ上がるだけ。アルフリート、道を間違えるな。

「早くしなさいよね。先にシルヴィオと行ってるから」

長ズボンを一枚だけ脱いで、動きやすい汚れてもいい長ズボンに穿き替える。今日は肌寒いけどこれで大丈夫かな？

中庭に出ると、少し冷たい空気が流れていた。木から落ちた葉が、カサカサと音を立てて風に揺られ、泡沫《うたかた》のように舞う。

その寂しげな姿が夏の終わりを示すようだった。

「アルー！ 何ボーッとしてるのよ、今日は少し寒いから念入りに動いとくわよ」

「はーい」

エリノラ姉さんに呼ばれて、いつも木刀を振る場所へと駆け寄る。何とエリノラ姉さんとシルヴィオ兄さんは半袖半ズボンだった。正気じゃない……。

アレなの？ 小学校の男子が、真冬なのに強がって半袖半ズボンを着てくるアレ。

女子に『寒くないのー？』と言われると、嬉しそうに『寒くない！』と強がって気をひいたり、皆から人気を得ようとするアレなの？

「エリノラ姉さんはともかく、シルヴィオ兄さんは寒くないの？」

「あたしはともかくって、どういうことよ？」

「動いたら温かくなるから大丈夫だよ」

シルヴィオ兄さんは、ストレッチをしながら爽やかな笑顔で答える。エリノラ姉さんの言葉は無視する。答えればドツボにはまる気がしたから。俺ってば賢くなった。

「ねぇ？　どういうことなのよ？」

やめてそのセリフ。ヤンデレっぽいから。

「準備はできたかい？　少し屋敷の周りを走ろうか」

「はい！　ノルド父さん！」

ノルド父さん！　本当にいいところに来てくれた。今日はノルド父さんが眩《まぶ》しく見えるよ。

「アルが珍しく元気だね。元気なうちに走ろうか」

「ちょっと」

「エリノラ姉さん。アルには剣で聞いた方が早いよ」

「それもそうね」

何てこと言うねんシルヴィオ！　驚きのあまりに、呼び捨てにしちゃったよ。

俺はエリノラ姉さんが忘れてくれることを必死に祈りつつ、屋敷の周りを走った。

◆

体が温まったところで、いつもの素振りに入る。

まだ木刀を振り始めて五ヶ月くらいだが、最近は少し空気を斬る音が良くなった気がする。しかしノルド父さん曰く、まだまだ腕で振ってしまっているとのことだ。体全体の力を使って振るのって難しいよ。

隣ではシルヴィオ兄さんが正確に綺麗な動作で素振りをしている。俺より力が籠っていていい音がする。シルヴィオ兄さんらしく、理屈で考えながらやっているのだろう。度々ノルド父さんから剣術の理論を聞いていたようだし。

その奥では、エリノラ姉さんが木刀を振っている。想像していたほど速いとか、鋭いってことはない。

すると俺の視線で考えを読み切ったのか、ムッとした顔をしてから、目の前に漂う葉っぱに鋭い視線を向ける。

「ハッ！」

短く息を吐くと同時に木刀を振り下ろす。

……ん？　何かしたの？

すると、木刀が当たったであろう葉っぱに縦横斜めに線が入り、ハラハラと八つに分かれて飛んでいく。

はあ⁉　何で一回しか振ってないのに四回も斬られているんだ？　確かに振り下ろす音も一回だ

けしかしなかった。

わからない。

俺の驚いた様子を見て、エリノラ姉さんがどうよ、とばかりにどや顔を決める。

エリノラ姉さんってば、恐ろしい子……。

これからは木刀を持った状態で怒らせると、その技が発動してお前の身体を八つに裂くと言いたいんですね？

自慢げにしていたエリノラ姉さんだったが、それをノルド父さんが注意した。

「エリノラ。今は素振りだよ？　それにその技は遊びで使ってはいけないと言ったよね？」

「……ごめんなさい」

「次からは罰を与えるからね」

エリノラ姉さんが素直だ。武術の道は鬼すらも大人しくさせるというのか。感慨深く感じながら、俺は木刀を振る。

「アルはもう少し集中しようか」

「ごめんなさい」

この村にはエスパーが多いと思います。

素振りを終えると打ち込みに入る。今日は何とかエリノラ姉さんとノルド父さんとのペアを避けることができて、俺の相手はシルヴィオ兄さん。

先ほど、余計なことを言ってくれた借りを返さないとね。

「……アル？　打ち込みはそんなに邪悪な顔をしてやるものじゃないよ？」

「そう？　それより今日は覚悟してよ」

短く息を吐き、シルヴィオ兄さんとの間合いを詰める。そして今までノルド父さんに習った型を使い連撃を放つ。避けられても防がれても、そのままの勢いを利用して打ち込むことができる基本の技。

「アルもやるようになったね」

「シルヴィオ兄さんこそ相変わらず防ぐのが上手いね」

「エリノラ姉さんと打ち合うには、必須の技術だよ……」

「そうだね」

人は生き残るためなら強くなれるんだね。エリノラ姉さん相手では、魔法を使わないと満足に打ち合えない気がする。今度、その条件で挑んでみようかな。

「シルヴィオ兄さん、本当に防ぐのが上手いね。そこは弾くのか……参考になるよ」

「あはは、ちゃんと父さんに聞いた方がいいよ？」

「えー、やだよ。そのまま打ち合う流れになるし」

あんまりお喋りをしすぎるとノルド父さんに怒られてしまうので、ほどほどにしておく。

相変わらずシルヴィオ兄さんは、身を固めるのがうまいよ。さすがシルヴィオバリア。

「……アル、聞こえてるよ？　シルヴィオバリアって……」

俺たちの場所からは木刀が打ち合う音、空気を斬る音、動くことによって土が擦れる音が断続的に続く。

離れたところでは、明らかに木刀が折れるような音が響いている。

キィィインって木刀の音じゃないよね？　よく見ると二人とも木刀に魔力を通しているよ。

エリノラ姉さんは火の魔法を使うことができるが、魔法自体は得意ではない。ワインドウルフや、ゴブリンに効く程度のファイヤーボールを、三発放つことが限界だろうか。魔力は使い切ることによって増える。一応そのことをエリノラ姉さんにも教えているが、毎日はやってくれていないだろう。もしかすると俺の知らないところではやっているのかもしれないが。

ノルド父さんは風の魔法を使えるが、魔法を使っているのは見たことがない。どんな風に使うのだろうか。魔力を纏うことは今もやっているけど。

あの打ち合いには交ざりたくないものだ。

「シルヴィオ兄さん。攻守交代だよ」

「わかったよ」

俺達はあの二人に巻き込まれないように、端の方で稽古を続けた。

稽古が終わり汗をかいてしまったので、屋敷の浴場に水魔法をぶち込んで、火魔法で温めてお湯をはる。

俺が生まれる前は魔導具でお湯を作っていたらしい。まあ、魔法でやった方が圧倒的に早いので今は俺の仕事になっているがね。

エリノラ姉さんが火魔法をエルナ母さんが水魔法を使えば、俺以外の人がお湯を沸かすこともできるけど、エリノラ姉さんの火魔法は信用ならない。

去年の冬にエリノラ姉さんがお湯を沸かしたことがあった。何となく信用ならなかったので、俺は風呂に氷を入れてみた。

すると、一瞬で溶けたのだ。

ジュウッ！　パキパキ！　って相当高温だったよ。お陰で自分でお湯を冷ましてから、新しくお湯を沸かすことになった。その間ずっと裸だったせいで風邪をひくはめになった。

この前はその仕返しも兼ねて、エリノラ姉さんに風呂の準備ができたと報告をして最初に入ってもらった。

風呂は風呂でも水風呂だったけど。

ほくそ笑みながら階段を上っていると、すぐに可愛い悲鳴が聞こえてきた。

ざまあみろと笑うのも束の間、エリノラ姉さんは俺の笑い声を頼りに俺を見つけ出し、すぐさま襲ってきた。布一枚を纏った姿で。女性の肌を見て恐ろしいと思ったのは初めてだったよ。

まあ、エリノラ姉さんの薄着姿は見慣れてるんだし、何とも思わないんだけどね。あの人、普通に俺がいても脱ぐし、パンツ一枚で俺の部屋に入ってきて服を貸せとか言うし。

もちろん、その服は返ってくることもなく、エリノラ姉さんのものになる。

結構な割合で俺の服を着ているのを見かけたので、なかなかに気に入っているのだろう。

さて、今日はシルヴィオ兄さんをはめるか。余計なことを言ってくれたしね。

そう思い、俺は浴場へと向かう。

石鹸と布で浴槽を綺麗に洗い、水で流してから改めて水をはる。

ふーむ、シルヴィオ兄さんは用心深そうだし、大きな氷を作って一気に火で溶かして煙を湯気のように出そう。

料理番組で湯気をドライアイスで演出しているみたいなイメージだ。

近くでやると俺自身も火傷《やけど》してしまうので、自分より大きな氷を設置してから、離れて火魔法を発動して溶かす。すると一気に蒸気が出てきた。近くに寄ると熱気が出ており、まるで温かいお湯が入っているような感じがする。

準備はできた。あとは奴を入れるだけ。

シルヴィオ兄さんを探すと一階の廊下にいた。

「シルヴィオ兄さん。一番風呂どうぞー」

笑顔で俺は北極の海が如しのお風呂へと勧める。

「ああ、いつもありがとう。すぐに入るよ」

笑顔で自分の部屋へと戻る。恐らく着替えを取りに行ったに違いない。

ちなみに言うと俺は嘘を言っていない。誰もお湯が沸いたとは言ってないのだから。一番風呂とだけ言った。

さあ、北極の海へとお入りなさい！

俺はシルヴィオ兄さんの後をつけて、二階へと上がる。部屋を覗くと、呑気《のんき》に棚から服を取り出すシルヴィオ兄さんの姿が見える。

これから起きる出来事を楽しみにしながら、部屋で待機する。

「ふんふんふーん♪　楽しみだなー」

「ヒィヤアァァァァァ！」

「……へ？」

「ちょっと！　湯気みたいなのが出てるからお湯だと思ったのに！　何でよ⁉　またアルの仕業ね！」

耳を澄まさずとも、姉上の怒声が俺の部屋まで聞こえてくる。

何でやねん！　稽古が終わったのか知らないけど、普通は着替えを持ってからお風呂に入るでしょ！　どうなっているんだ⁉

バタバタと階段を駆け上がってくるエリノラ姉さん。

その一歩は俺の残りの命の量だというのに、二段飛ばしをしているであろう速さ。

おそるおそる部屋のドアから廊下を覗くと、布一枚を纏った鬼がいた。

それと目が合った瞬間に、俺の背筋がゾッとする。まるで心臓を直接手で摑まれたかのように締め付けられる感覚。

水風呂に入ったのに、どうして全身が赤いんだ。

エリノラ姉さんは、憤怒を思わせる鋭い目付きで俺を睨むと、走り出した。

恐怖で震える体を叱咤《しった》しながら、俺は懸命にドアを閉めようとする。

くそ！　何でこんなときに体が震えるんだ！　手汗のせいか、ドアノブから手がすべり余計にド

アが開いてしまう。ひいいいぃ！　鬼を招いてどうするんだ俺！

「ドアを閉めたら俺の勝ち。ドアを閉めたら俺の勝ち。ドアを閉めたら俺の勝ち。ドアを閉めたら俺の勝ち」

自己暗示をかけて俺は冷静にドアを閉める。鬼の足音など最早聞こえない。一秒さえ惜しい。命は一刻を争うんだ！

閉まれ。早く閉まるんだ！　俺のドア。

よし！　閉ま……。

「扉を閉めたら俺の勝……」

「アルの首を絞めたらあたしの勝ちかしら？」

閉まることはなく、鬼の足が挟まっていた。

その日俺は初めて走馬灯というものを見た気がする。

転生して新たなる人生をおくっている俺。

まったりとしたスローライフをおくる日々は、まだまだ遠そうである。

書き下ろし短編Ⅰ

ひだまりの中で

I want to enjoy slow Living

「ああー。魔力を消耗すると体が凄く重い」

俺は自分のベッドの上に仰向けに寝転んだ。

転移魔法を使えるように毎日魔力を使い切って魔力量を増やしているのだが、魔力を使い切って自然回復するまでがしんどい。

頭も少しぼーっとするし、体を起こすにも力がまるで入らない。

手を無理に動かそうとするもぷるぷると震える始末。

年をとり、老人になるとこんな症状に加えて、腰や節々が痛くなったりするのか。しかもこれに病気まで加わってくるのだ、たまったものではないな。

良い生活習慣を心がけて健康寿命を延ばそう。健康体というだけで十分に幸せなのだから。天井を見つめながら俺は大きく息を吐く。

何もすることがない。というか今はだるくて体が動かないので何もできないのだ。なので、昼寝をしよう。

ちょうど昼食を食べて眠くなってきたところだ。

真っ昼間であろうが関係ない。二歳児である俺は食事時以外なら、いつ昼寝をしようが構わないのだ。

これも子供の特権である。

転生する前の俺ならば、休日以外の日に昼寝をしていたら社会的にアウトだ。

まあ、働きすぎて睡眠すらまともにとれなかったのが間接的な死因ではあるが。

だが今は関係ない。今は思う存分に睡眠がとれるのだ。今日は心ゆくまで寝てやろう。

そう心の中で決心をすると、俺は重い体を少しだけ動かし絶好のポジションに位置どる。うつ伏せに寝ると怒られるのでやめておく。

この前、うつ伏せに寝転んでいると、エルナ母さんが血相を変えて俺を抱き上げたことがあった。ピクリとも動かない俺を見て窒息死でもしたのかと思ってしまったらしい。

確かに小さな子供はうつ伏せにして寝ると窒息死してしまうこともある。エルナ母さんが慌てたのも納得だ。

しかし、タイミングが悪かった。

その時も今回同様、魔力切れでくたばっていたのだった。

酷い倦怠感《けんたいかん》に苛《さいな》まれていたお陰か全く体を動かしたくなかったのだ。

抱きかかえられても死んだように動かない俺を見て、エルナ母さんは余計に勘違いしたらしい。

しばらくは昼寝をするにもずっとエルナ母さんが付きっきりだったな。

最近は成長したことと、うつ伏せに寝ることを止めているお陰か心配されることは少なくなったけどね。

「失礼しますねー」

ノック音がしてメイドのミーナが俺の部屋へと入ってきた。

「天気がいいのでお布団を……」

ミーナは俺が目をつぶって寝ている姿を確認したのか、途中で声を止める。

察してくれて何よりです。俺は今お昼寝中なのです。わかったら早く出て行ってください。

天気がいいからって俺の相棒は渡さないぞ？

俺の部屋では窓から吹き込む風に煽られてはためくカーテンの音、それと俺の規則正しい寝息のみが響く。

そして、ミーナのメイド服が微かに擦れる音がした。

俺の様子を確認し終わって部屋から出ていくのかと思ったが、衣擦《きぬず》れの音が近くなっている。

何だ？　どうしてこちらに近寄ってくるのか。布団はしっかりと体にかかっているはずだが？

やがて、ミーナは俺のベッドの傍で立ち止まった。そしてこちらに身を乗り出してくるような気配と衣擦れの音。

「…………死んでいるかのように寝てますね」

死んでいるかのように寝ているとは何だ！　可愛い二歳児の寝顔を見て言う言葉ではないと思う。魔力切れによる倦怠感がなければ起き上がって突っ込んでいるところだった。

全く、エルナ母さんなら微笑みながら俺の髪を梳《す》いて「可愛らしい寝顔」とか言ってくれるんだぞ？

「奥様の言っていた、たまに死んでいるかのように眠るとは本当のことだったんですねー」

エルナ母さんもそんなことを思っていたのか！

「うつ伏せではありませんね。それに息もしっかりとしてます。きっと大丈夫ですね」

俺の口元に手を当てたミーナは、自分に言い聞かせるように言って部屋を出た。

「アルフリート様がお昼寝をしていたのでお布団は干せませんね。ええ、これは仕方がないこと。なので、私の仕事は終わりですね！」

黙っていたら、誰にも聞かれずにさぼれたというのに。そんな大きな声で言っては丸聞こえだ。

この屋敷、大人が使う部屋は防音性が良いが、その他の部屋は防音性が皆無に等しい。

通気性が良くて涼しい造りなのだが、子供達にプライバシーはないというほど音が聞こえるのだ。

「そんなわけないじゃないの。あたしの分を手伝いなさいよ。エルナ様とノルド様の二つ分あるんだから」

それ見たことか。

早速メイド長であるメルに見つかってしまったらしい。

廊下からメルの呆れた声が聞こえてくる。

「えー？　それはメルさんの仕事ですよ？」

「あっそう。それじゃあ、廊下の窓拭き全部一人でお願いね」

「メルさん、お手伝いしまーす！　仕事は皆でやった方が早く終わりますよね！」

ミーナとメルの会話と足音を耳にしながら、俺の意識は沈んでいった。

◆

ん？　何だろうか？　額の辺りが温かく柔らかい。

日光でも当たっているのだろうか。

しかし、心地よい感触は俺の額から頭へと移動していく。

日光がこんなにすぐに移動するはずがない。それに人肌のような温かさだ。

それに、俺の首元にさらさらとしたものが当たってこそばゆい。

「……んん……」

こそばゆさから逃げるように身をよじると、柔らかな何かが頭から離れる。

しばらくすると、それは再び俺の頭を撫でるように動く。

その心地よい感触に身を任せて、俺はじーっとする。

そのまま再び意識が遠のいていくかと思った時に、さっきまで俺の頭を撫でていた感触が無くなった。

それを少し残念に思った瞬間、俺の頬に何かが突き刺さる。

先ほどの愛しむような感触ではなく、単なる好奇心が多く交ざっているような感触だ。

それもぷにぷにぷにぷにと何度も突いてくるものだから、正直不快だ。

眉を顰《ひそ》めながらゆっくりと目を開けると、俺の視界一杯にエリノラ姉さんの顔があった。

「……なに？」

「あっ、アルが起きた！」

俺が目をこすりながら問いかけると、エリノラ姉さんは嬉しそうに無邪気に笑った。

どうしてそんなに嬉しそうにしているのか、どうして俺の部屋にエリノラ姉さんがいるのかと思いながら、軽く伸びをする。

魔力が完全に回復していないのか、まだ体が少し重い。

問題なく動けるのだが、まだ寝ていたいところである。

一体今は何時であろうか？　太陽の位置を確認しようと立ち上がり、窓の方へと目を向ける。

……あまり太陽の位置が変わっていなかった。

つまり、俺が寝てから時間があまり経過していない。感覚でいうと一時間くらいであろうか？

道理で魔力が回復していないわけだ。

俺が半日で空に浮かぶ太陽を眺めていると、エリノラ姉さんが俺の手を握った。

「今日は天気がいいからお外で遊ぼう！」

◆

エリノラ姉さんに引っ張られるようにして屋敷を出た俺は、近くの川へと来ていた。

幸い俺の体力を考慮してくれているのか、その歩みはゆっくりとしたもので俺が転ばないようにしっかりと手を繋いでくれていた。

俺と繋いでいない方の手には、木刀が握られているのが謎だった。剣が好きすぎて得物《えもの》を持っていないと落ち着かないのであろうか。

目の前を流れる小さな川は涼しげな音を立ててゆったりと流れている。

そこには点々と石が見えており、水深はかなり浅い。というか、俺の膝くらいまでしかないな。

なんて思いながらのんびり歩いていると、エリノラ姉さんが俺から手を放して走り出した。赤いワンピースとポニーテールを元気に揺らして、川から顔を出している石の上へと飛び移る。

リズムよく、軽やかにそれを四回繰り返して、エリノラ姉さんは向こう岸へと渡った。

そしてクルリと振り返ると笑顔で「アルもこっちにおいで！」と言ってきた。

相変わらず運動神経のいい姉である。

いや、こっちにおいでと言われても。

確かに普通の二歳児は両足で跳ねたりできるけど、それはその場で跳ねることができるだけであって、石にジャンプして飛び移るなんていうことは難易度が高いよ？

それは普通の子供に当てはまることであって、前世で生きてきた俺には当てはまらないけど。

幸い石と石の幅も大きくはないので、俺の体でも渡れそうだ。

足場にする石をよく観察してから、俺は走り出した。

そして石へと飛び移る。一度立ち止まってしまえば、勢いがなくなり立ち幅跳びをするはめになってしまうので、一気にいく。

前世を生きていたお陰で、体の動かし方はうまい俺だが、筋力不足という点はどうしようもないのだ。

エリノラ姉さんほど軽やかとはいえないが、リズムよく石を渡っていく。

そして向こう岸にまでたどり着いた俺だが、勢いを制御しきれずに前のめりになってしまう。

あっ、やばい。これ顔から滑り込んで痛いやつだ。

来るべき痛みに備えようと目を閉じたところで、ボフッと何かに当たった。

「ちゃんと止まらなきゃ危ないよ？」

目を開けて顔を上げると、そこにはこちらを見て笑うエリノラ姉さんがいた。

どうやら、転びそうになった俺を受け止めてくれたようだ。

「……うん」

受け止めてくれたのはありがたいけど、できれば二歳児には無理をさせないでほしい。

普通の子供はドボンだよ？

「アルってば、ぼーっとしている割に運動ができるのね」

俺の非難の目に気付くことはなく、エリノラ姉さんは褒めるように俺の頭を撫でる。

ぼーっとしている割にはというのは余計だよ。

「アルならいい剣士になれるかもね」

「そう？」

なりませんよ？　俺は平和に暮らしたいんです。剣よりも魔法を極めたいです。

「そうよ！　ちょっとこの木刀持ってみてよ！」

素っ気なく答えたつもりだったのだが、エリノラ姉さんが妙な食い付きを見せる。

俺を受け止めるために落とした木刀を拾い上げて、俺へと渡す。

えー、ちょっとエリノラ姉さん、二歳児に木刀持たせようとするって早くないですか？

自分が剣を好きなのはわかる。それを弟に勧めたくなる気持ちもわかるけど、残念ながらその気はないですよ？

俺が受け取ろうとしない様子を見て焦《じ》れたのか、エリノラ姉さんが俺の後ろに回って木刀を持たせてきた。

「右手はこうで……左手はこうよ！」

エリノラ姉さんの手に支えられながら、木刀を構えさせられる俺。

軽量化された木刀とはいえ、二歳児が持つには重すぎる。

今の俺には持つことすらできないぞ。

「それで、このまま振り上げて一気に振り下ろす。そうそう！　いい調子よ！　シルヴィオよりもうまいわ！」

俺はエリノラ姉さんに操られ、木刀を何回も振らされる。今の俺はエリノラ姉さんの操り人形。

俺にも剣に興味を持ってもらいたい気持ちはわからなくはないが「もっと脇を締めて」って、厳しすぎではないだろうか。

「……エリノラ姉さん……疲れた」

俺の手を取って木刀を振らせるエリノラ姉さんに疲れを訴えて、何とか稽古コースを回避。あのままだと一日中稽古をさせられていた気がする。

実際には魔力切れから完全に回復していないので、疲れがあるのは本当なのだ。なので、嘘は言っていない。

俺は靴を脱いで石に座り込み、足を水に浸ける。

「あー、気持ちいいな」

ひんやりとした感覚が俺の足を覆う。

その心地よさを堪能しながら、息を吐いて空を見上げる。

青い空では、大小、様々な雲が浮かんでいる。

雲が流れるだけの平和なゆっくりとした時間を楽しむ。

ああ、こういう時間っていいなあ。

隣で水の音がしたのでふと視線を向けると、エリノラ姉さんも俺と同じく足を水に入れていた。

さすがに木刀は地面に置いているらしい。

「わあー、気持ちいい」

両足を振ってパシャパシャと水を跳ねさせるエリノラ姉さん。

ちょっと、思い切り俺にかかっているんですけど。

「エリノラ姉さん、冷たい」

俺がそう言うと、エリノラ姉さんは足を止めた。

素直に止めてくれたのかと思い視線を空へと戻すと、俺の右半身に突然冷たさが襲った。

「わあっ！」

水の感触に驚き、俺は勢いよく立ち上がる。

すると、エリノラ姉さんの無邪気な笑い声が聞こえてきたので、そちらへと振り向く。

「わあっ！　だって。あははははははヒッ！」

こちらを指さして笑い声を上げていた、エリノラ姉さんの顔に水をかけてやった。

「ヒッ！　だって」

「やったわね！　くらえ！」

「わぷっ、み、水が多い。仕返しだ！」

「きゃっ、て、何であたしの目しか狙わないのよ！」

◆

川で水のかけ合いをした俺とエリノラ姉さんは、全身がずぶ濡れになってしまった。

お互いに濡れた服を絞って日光で乾かす。

自分でやらないとパンツまで脱がされて絞られそうなので、自分で絞った。

エリノラ姉さんはワンピースなのでとても絞りやすそうだった。

服から水滴を地面に垂らしながら、歩くことしばらく。

日当たりの良い草原地帯へとやってきた。

柔らかな草が一面に生えており、それが奥までずっと続いている。

ここには道もなく、奥には山があるだけで完全な草原地帯だ。

一面に生えている草が、吹き込まれる緩やかな風に揺られて葉音を鳴らす。

「ここで服を乾かしましょう」

エリノラ姉さんがそう言って、俺の手を引く。

歩く度に草を踏み締める柔らかな音がする。

少し小高い位置まで歩くと、エリノラ姉さんは「うん！」と満足げに頷いて寝転び出す。

俺もそれに合わせて体を横にする。

ちょっと手を繋いでること忘れて唐突に寝転ばないでくださいよ。俺が引っ張られるんだって。

「ここの草はフカフカで気持ちいいでしょー」

「うん」

もう本当に最高。ここをお気に入りの昼寝スポットとしちゃうよ。

屋敷のベッドとは違った心地良さがある。

エリノラ姉さんもこんな場所を知っているとは、やるではないか。

長時間木刀を振らされた時は、まじでウザいと思ったけど許してあげよう。

俺たちは仰向けになり、大の字に転がる。

暖かな日射しが当たり、俺は目を細める。

ポカポカとした日に当てられ続けると、柔らかな眠気が俺を襲ってくる。

俺はその心地良さに身をゆだねて意識を闇へと沈めた。

◆

太陽が沈み、空の色が赤から深い青へと移り変わろうとする時間帯。

昼間よりも少し冷えた風が草原へと流れ、膝を曲げて座るエリノラの髪をなびかせる。

「ここにいたのねエリノラ」

エリノラの後ろからゆっくりと歩み寄ってきたのはエルナ。

白のカッターシャツに、茶色のロングスカート。エリノラとアルフリートを探しにくるために動きやすい服装にしたのであろう。

「アルはどこに――」

アルフリートの姿が見えないので尋ねるエルナだったが、エリノラの膝元を確認して声を止める。

アルフリートが穏やかな寝息を立てて眠っていたからだ。

すぅ、すぅと眠るアルフリートを愛しむように撫でるエリノラ。

膝を崩したエルナは母性に満ちた表情でそれを眺める。

「……本当に死んだように眠ってる」

エリノラの感想を聞いて、エルナは静かに笑う。

「ふふふ、そうね。それだけアルも安心しているってことよ」

コリアット村では今日もゆっくりと、穏やかな時間が流れていた。

書き下ろし短編Ⅱ

姉弟の日常

I want to enjoy slow Living

「シルヴィオ兄さん、ノルド父さん知らない？」

シルヴィオ兄さんの部屋に入ると、窓際で本を読む姿が。

「父さんなら今日は母さんと、隣の村の視察に行ってるよ」

「そういえば今日は二人とも見ていない」

道理で今日の屋敷が静かだったわけだ。

たまにはこういう日も悪くないだろう。一人、騒がしい姉がいるが放置だ。

「昨日の夕食の時に言っていたじゃないか。ところで、父さんに何か用事があったの？」

「うん。地図が見たくて」

「地図？」

俺がそう言うと、シルヴィオ兄さんはこちらに涼しげな青い瞳を向ける。

イケメンは視線を向けるだけでも様になるんだな、としみじみ思う。やっぱり世の中は理不尽だと思う。

「うん、コリアット村とその周辺くらいしかわからないから。国とかどうなっているか知りたくて」

「アルが進んで勉強をするだなんて珍しいね」

シルヴィオ兄さんが開いていた本をパタンと閉じて感心したような声を上げる。

「いや、だって周りに危ない国とかあったら怖いし。美味しい食べ物があったら是非手に入れたい」

「やっぱりアルらしいね」

シルヴィオ兄さんは苦笑いをすると、椅子から立ち上がり机へと向かう。そして引き出しから、折りたたまれた一枚の紙を取り出した。それを開いていき、床へと大きく広げる。

そこには地図らしきものが黒のインクで書かれていた。

「……何というか。適当な感じがするね」

「あはは、仕方がないよ。大陸は広いから正確に把握するのは難しいんだよ」

そう考えると精巧な日本地図を作ったと言われている伊能忠敬《いのうただたか》は凄いな。十七年かけて日本を歩いて回ったのか。日本の大陸よりも遥《はる》かに大きい上に、凶暴な魔物が闊歩するこの世界では確かに難しいだろうな。

「俺たちの国はこれだよね？　ミスフィリト王国」

俺は地図の真ん中に書かれている文字を指さしてシルヴィオ兄さんに尋ねる。

「そうだよ。この大きな大陸の真ん中から下辺りまでがミスフィリト王国だね。僕たちの住むコリアット村は、その中でも一番東のこの辺りかな」

シルヴィオ兄さんの指を追うと、お城のマークから大分右に離れた位置で止まった。

「……この城みたいなマークが王都だよね？」

「そうだね。多分一番王都から遠い場所といえるね。馬車で王都まで一週間はかかるよ」

遠い！　めちゃくちゃ遠いじゃないか。馬車なんかに揺られて一週間とかしんどすぎる。

俺の場合なら一度行ったら、次からは転移で楽勝だけど。

神様に空間魔法を貰ってよかった。

「シルヴィオ兄さんは王都に行ったことがあるの？」

「あるよ。本当に……。凄く大変だった」

何となく聞いてみただけなのに、シルヴィオ兄さんが暗い表情をした。王都で何かトラウマになるようなことが起きたのかもしれない。王都ってそんなに怖いところなのだろうか。

「……貴族だからアルも一度は王都に行くことになると思うよ。気を付けてね」

王都の話も少し聞きたかったのだが、それは今度エルナ母さんにでも聞くことにしよう。

「う、うん。それで隣にある国とかはどんな感じなの？」

王都のことは聞けないので、周辺国についての話題に切り替える。

すると、シルヴィオ兄さんは復活していつものように話し出した。

「うちと隣接しているのは、アルドニア王国、神聖イスタニア帝国、ラズール王国かな」

「で？　危ない国は神聖イスタニア帝国かな？」

もう神聖とか帝国とか字面的にやばそうな国だ。宗教とか関わるとややこしそうだし。

「今、物騒な国はこの大陸にないんじゃないかな？　戦争なんて、もう五百年はしていないよ。うちの国民は特に戦争に向いていないらしいし、うちから起こすことはないと思うよ」

確かにコリアット村周辺の村人たちを見れば納得がいく。

まあ王国から一番遠い、小さな田舎の村だから国民としての意識や自覚が低いというのもあるのだろうけど。基本的におおらかだしな。

それでもコリアット村の女性や男どもを従軍させれば負ける気がしないと思うのは俺だけであろうか。

「どの国の王族も平和主義な人が多いみたいだし、大丈夫だと思うよ」

第一王子と第二王子が継承権を争って、血で血を洗うような内乱とか起きないことを俺は祈っておこう。

五百年も平和と聞いて安心したよ。冷戦状態とかだったら迂闊《うかつ》に他国に行けないしね。

それから地図を見て色々な質問を繰り返していると、扉が勢いよく開いた。

「何よ二人とも、ここにいたのね」

「エリノラ姉さん、ノックをしなよ」

「いや、アルもノックをせずに入ってきていたからね？」

何を言っているんだよシルヴィオ兄さん。俺と兄さんの仲じゃないか、ノックなんて面倒……しなくても大丈夫さ。

エリノラ姉さんは俺の隣に座ると、地図を覗き込む。

それからすぐに興味なさそうな顔で「あっ、地図ね」と言って寝転がってしまった。

相変わらず、剣技にしか興味のない姉だ。

世の中には剣よりも楽しいことがたくさんあるというのに勿体ない。

「暇ねー」

エリノラ姉さんが退屈そうに前髪をいじりながら、足をパタパタと振り出した。

この後のセリフ……大体予想がつく。

今にも外に出て、木刀を振りたいと言い出しそうである。

そして俺たちはそれに付き合わされるのだ。

「ねえ——剣の稽古でも」

「ちょっと喉が渇いたから紅茶でも淹れようかな！」

「い⁉　いや、アルにはまだ難しいよ。僕が淹《い》れるよ」

俺が立ち上がると、シルヴィオ兄さんも立ち上がり俺を行かせまいとする。

くっ、適当にミーナでも捕まえて紅茶を持って行かせて、俺は退散する予定だったのに。

シルヴィオ兄さんにはお見通しだというのか。

「いーよ、いーよ。こういう時は年下の弟がやるものだよ。できないからこそ、練習しないと」

「昨日は僕に『お菓子取って来て』とか言ったよね⁉　火なんて扱うにはアルには危ないよ」

俺が笑顔でドアへと向かうと、シルヴィオ兄さんがその肩を摑んだ。

おのれ、白々しい奴め。

「そっちこそ昨日は『風呂を温めて』とか言って火魔法使わせたくせに⁉」

「……あんたたち何やってんのよ」

俺とシルヴィオ兄さんが扉の前で取っ組み合いをしていると、ノック音と共にミーナが入ってきた。

「紅茶とクッキーをお持ちしましたよー。今日の私ってば気が利いてますねー」

本当に空気の読めない駄メイドだなお前は！　余計な時にしっかりと働きやがって！

それから喉を潤しエネルギーを溜めた俺たちは、結局エリノラ姉さんに連れられて剣の稽古をすることになった。

「ほら、せっかく天気がいいんだから剣の稽古をするわよ！　屋敷にいても暇だし！」

「わかったから引っ張らないでよエリノラ姉さん！　腕が千切れる！」

「……僕は屋敷にいても暇じゃないんだけれど」

「そんなんだからシルヴィオは軟弱なのよ」

「……な、軟弱⁉」

「……エリノラ姉さんは、もう少しお淑《しと》やかな方があああああああ！　砕ける砕ける！　骨が！」

あとがき

始めまして、第4回ネット小説大賞にて金賞を授かり、デビューさせて頂きました錬金王です！

この作品は『小説家になろう』というサイトで書いていた作品でしたが、まさかコンテストで賞を頂いて、書籍化までしていただけるとは思ってもいませんでした。

あとがきを書いている今でも本当に出版されるのか？　と疑問に思っているくらいです。

発売日当日になって、書店で置かれているのを実際に確かめようと思います。

さて、この作品ですが、主人公が転生して田舎でスローライフをおくるお話です。

主人公は魔法の才能がありますが、冒険者になったり、強大な魔物と戦ったり、国を巻き込むほどの騒動に巻き込まれたり、なんてことは多分ありません。（強大な姉と戦うことはあります）

田舎の村で村人や姉弟と毎日楽しく、穏やかに？　過ごす物語です。

本作を書くきっかけとなったのは、とにかくゆったりとした時間を過ごしたかったが故です。

朝早くに家を出て夜遅くに帰宅する生活。最大の楽しみは休日だけ。

おかしい。こんなのはおかしい。もっとのんびりしたっていいじゃないか。もっとゆっくりとした楽しい時間をおくりたい。

そんな自分の想いが詰まった作品が今回のものです。

異世界転生ものでここまで、ほのぼのしている作品は他にないのではないかと思います。

たまには仕事、課題、将来への不安などを忘れて、ゆっくりと草原にでも転がって昼寝をしたいものです。

さて、この後書きから読み始めた読者様。ここで本を置いてはいけません。気がつけば貴方はレジに向かっているでしょう。

阿倍野ちゃこ様の美麗なイラストを舐めるように見て下さい。

そして担当様には本当にお世話になりました。

初めての書籍化で右も左もわからない私めに、懇切丁寧に色々な事を教えて下さりありがとうございます。担当様や校正様のお陰でこの作品はより良いものになりました。感謝の気持ちでいっぱいです！

ちなみに私がｗｅｂで公開している作品である『俺、動物や魔物と話せるんです』についても書籍化が決まっております。

会社名などの詳しい情報はまだ言えないのですが、冬頃には書籍として発売される予定です。

動物や魔物と話せるという変わった能力を持つ主人公のお話です。興味を持っていただければ是非手に取ってみてください。

最後に改めまして、本作をいつも読んでくださっている皆様、この書籍をお手に取って読んでくださった皆様、ネット小説大賞の運営及び関係者の皆様、宝島社の皆様、この本を手に取ってくれたことに方に、心より御礼申し上げます。

それでは、『転生して田舎でスローライフをおくりたい』の二巻や『俺、動物や魔物と話せるんです』の一巻で会えることを祈っております。

『転生してスローライフをおくりたい』

最後まで読んで下さってありがとうございます
イラスト担当させて頂いた阿倍野ちゃこです。
挿絵の話を頂いた時は嬉しくて小躍りしてしまいました
ストーリーも可愛くてほのぼの日常モノで
自分も異世界で暮らしたい!!と念じながら描かせて
頂きました。そんな雰囲気が伝わりますように…。

transmigrate to new world

※本書は、「小説家になろう」(http://syosetu.com/)に掲載されていたものを、改稿のうえ書籍化したものです。
※この物語はフィクションです。もし、同一の名称があった場合も、実在する人物、団体等とは一切関係ありません。

錬金王（れんきんおう）
奈良県在住の物書き。ポニーテールを愛しており、気が付けばポニーテールのキャラクターを登場させてしまう。ネット小説大賞『金賞』という栄誉を授かり本作でデビュー。
この物語を読んで、少しでも柔らかい気持ちになってもらえたら幸いです。
……こんな田舎でスローライフをおくりたい。

イラスト **阿倍野ちゃこ**（あべの ちゃこ）

転生して田舎でスローライフをおくりたい
（てんせいしていなかですろーらいふをおくりたい）

2016年8月20日　第1刷発行

著者　錬金王

発行人　蓮見清一
発行所　株式会社 宝島社
〒102-8388　東京都千代田区一番町25番地
電話：営業03(3234)4621／編集03(3239)0599
http://tkj.jp
振替：00170-1-170829（株）宝島社

印刷・製本　中央精版印刷株式会社

乱丁・落丁本はお取り替えいたします。

ISBN978-4-8002-5985-1

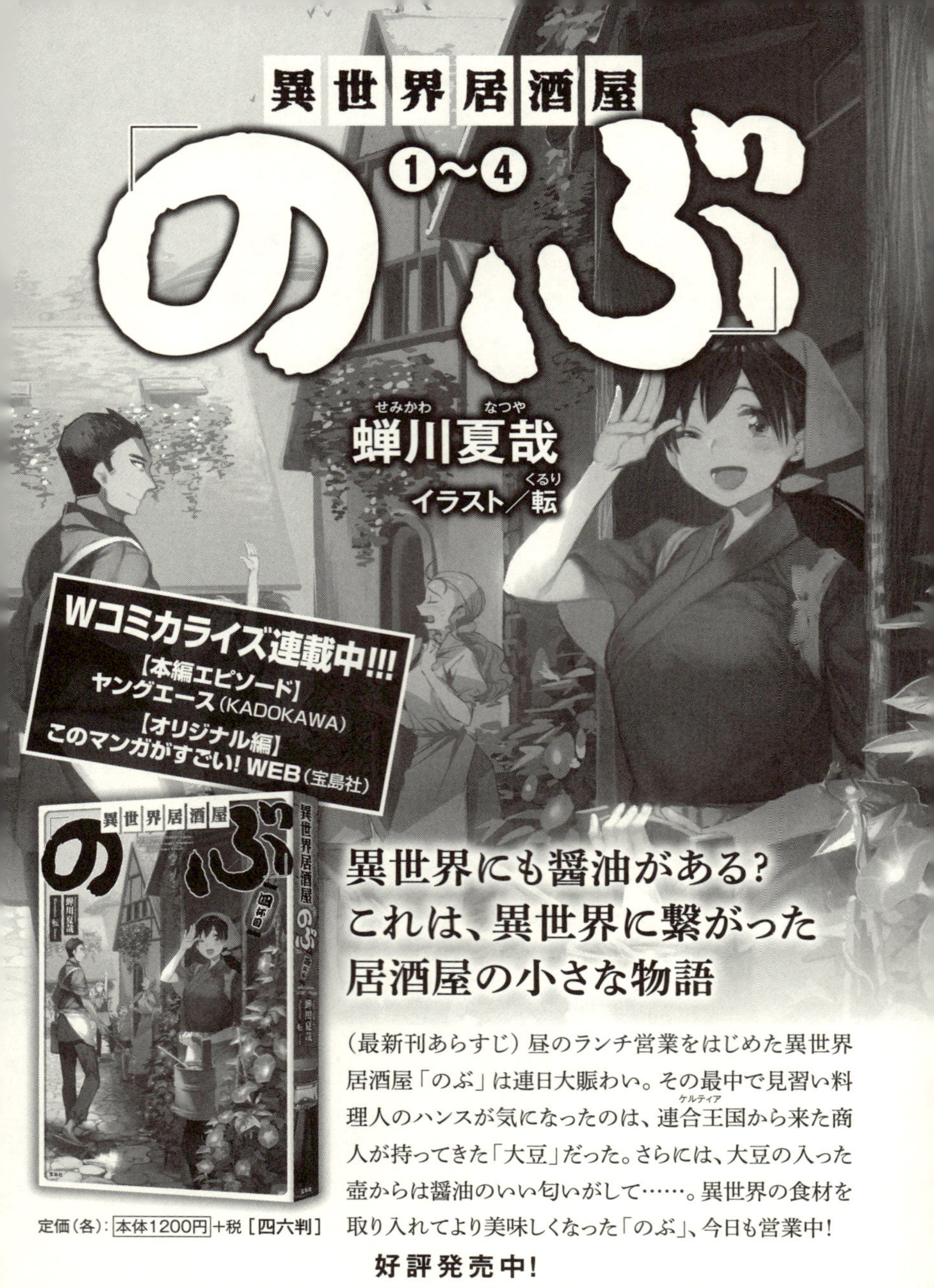
異世界居酒屋
「のぶ」①～④
蟬川《せみかわ》夏哉《なつや》
イラスト／転《くるり》
Wコミカライズ連載中!!!
【本編エピソード】
ヤングエース（KADOKAWA）
【オリジナル編】
このマンガがすごい! WEB（宝島社）
異世界居酒屋 のぶ
異世界にも醤油がある？
これは、異世界に繋がった
居酒屋の小さな物語
（最新刊あらすじ）昼のランチ営業をはじめた異世界居酒屋「のぶ」は連日大賑わい。その最中で見習い料理人のハンスが気になったのは、連合王国《ケルティア》から来た商人が持ってきた「大豆」だった。さらには、大豆の入った壺からは醤油のいい匂いがして……。異世界の食材を取り入れてより美味しくなった「のぶ」、今日も営業中！
定価（各）：本体1200円＋税［四六判］
好評発売中!